내가제일잘나가는 재벌이다

봉황송 현대판타지 장편소설

내가 제일 잘나가는 재벌이다 13

초판 1쇄 발행 2024년 10월 28일

지은이 ㅣ 봉황송
발행인 ㅣ 최원영
편집장 ㅣ 이호준
편집디자인 ㅣ 박민솔
영업 ㅣ 김민원 조은걸

펴낸곳 ㅣ ㈜ 디앤씨미디어
등록 ㅣ 2002년 4월 25일 제20-260호
주소 ㅣ 서울시 구로구 디지털로32길 30 코오롱디지털타워빌란트 1301-1308호
전화 ㅣ 02-333-2513(대표)
팩시밀리 ㅣ 02-333-2514
E-mail ㅣ papy_dnc@dncmedia.co.kr
블로그 ㅣ blog.naver.com/gnpdl7

ISBN 979-11-364-5646-5 04810
ISBN 979-11-364-4879-8 (SET)

※ 저자와 협의하여 인지는 붙이지 않습니다.
※ 이 책은 ㈜ 디앤씨미디어(파피루스)가 저작권자와의 계약에 따라 발행한 것으로 본사와 저자의 허락 없이는 어떠한 형태나 수단으로도 내용을 이용할 수 없습니다.

PAPYRUS MODERN FANTASY

내가 제일 잘 나가는
재벌이다 13

봉황송 현대판타지 장편소설

PAPYRUS
파피루스

제1장. 미장센 ················ 7

제2장. 지미 헨드릭 ················ 43

제3장. 광고 폭격 ················ 79

제4장. 시리즈 ················ 115

제5장. 박정하 장군 ················ 141

제6장. 싸이벡 스카이 ················ 167

제7장. 댄싱 스타 ················ 191

제8장. 쿠데타 ················ 227

제9장. 기부채납 ················ 261

제10장. 울산공업단지 ················ 285

제1장.

미장센

미장센

 영화와 드라마 매니아인 차준후였다. 그는 미래에 성공하는 드라마의 성공적인 부분들을 벤치마킹해서 댄싱 스타에 깨알같이 녹여 냈다.
 그렇게 댄싱 스타의 여주인공이 아르바이트를 하는 속옷 가게와 화장품 가게 등은 스카이 포레스트의 상점으로 확정이 된 상태였다.
 작품만 흥행한다면 정말 엄청난 광고 효과를 얻을 수 있을 것이었다.
 "방영 일정이 잡혔다고 아우성을 치고 있어서 라운 감독을 만나러 갔다 와야겠습니다."
 CBC 방송국에서 4월 중순부터 댄싱 스타 방영 일정이 잡혀 있었다.

원래 조금 더 여유 있게 일정을 잡아 두었었는데, 근래 방영을 한 드라마들이 크게 실패한 탓에 CBC에서 급하게 기대작인 댄싱 스타의 방영을 앞당겨 달라고 요청한 탓이었다.

CBC에서 요청한 날짜까지 촬영을 끝마치는 데는 딱히 문제가 없었다. 여주인공이 아르바이트를 하는 장면들을 제외하고는 대부분 이미 촬영이 끝난 상태였다.

그에 라운 감독은 차준후와 의견을 주고받은 뒤 CBC의 제안을 받아들이기로 했고, 차준후가 미국에 오는 시기에 맞춰 여주인공의 아르바이트 장면을 촬영하기로 했다.

"이쪽은 제가 라운 감독과 협의를 끝내 둘 테니, 상무님께서는 운동기구들 쪽 좀 부탁드리겠습니다."

차준후가 실비아 디온이 그려 준 아이디어 스케치들을 토니 크로스에게 건넸다.

현재 특허 등록 쪽 문제는 실비아 디온이 법무법인을 통해 처리 중이었다. 토니 크로스에게는 제품을 생산해 줄 업체를 알아봐 달라고 요청할 생각이었다.

"재활기구들과 비슷하게 생겼군요."

이런 쪽으로는 토니 크로스가 또 전문가였다.

"아, 재활을 할 때 써 보셨겠군요."

"예. 집에 몇 개를 설치하기도 했고요. 그것들과 형태가 상당히 비슷하네요."

다리가 점점 안 좋아지던 토니 크로스는 차준후의 제안을 받아 치료를 일찍 받기 시작했고, 그 과정에서 몇 가지 재활기구를 사용해 본 경험이 있었다.

차준후가 고개를 끄덕였다.

"잘 쓰지 않아 약해진 근육을 단련한다는 의미에서 원리는 비슷합니다. 하지만 그보다 더 강도를 높여 헬스장에 비치할 운동기구들입니다. 미국 전역에 헬스장을 만들려고 합니다. 헬스장 사업에 대한 부분은 이 서류를 참고하시면 됩니다."

차준후는 헬스장 사업에 필요한 서류들을 미리 작성해 뒀다.

하지 않으면 모를까, 한 번 하기로 마음먹었으면 지체하는 일 없이 빠르게 처리하는 성격이었다.

서류들에는 어떻게 헬스장으로 사람을 끌어들일 것인지, 이를 이용해 또 어떻게 화장품을 판매할 것인지 헬스장 사업과 화장품 사업의 연계 과정이 세밀하게 설명되어 있었다.

회귀 전, 연구 자금을 타내기 위해 완벽한 보고서를 만들던 실력이 잘 드러나 있었다.

"재활기구 업체와 접촉을 해 볼까요? 싸이벡이라는 재활 운동기구를 오랫동안 만들어 온 업체입니다. 그곳의 도움을 받으면 제작 기간을 많이 단축시킬 수 있을 겁니다. 제가 그쪽 경영진과 친분이 있습니다."

다리를 재활하는 과정에서 싸이벡이라는 운동기구를 알게 된 토니 크로스는 재활기구를 집에도 설치해 두기 위해 알아보다가 어쩌다 보니 싸이벡의 경영진과도 친분을 갖게 되었다.

특히 나이가 똑같은 싸이벡의 CEO와는 친구처럼 지내고 있었다.

"싸이벡에서도 크게 환영을 할 겁니다. 싸이벡 경영진들도 새로운 사업 영역을 고민하고 있었거든요."

"싸이벡이라면 믿을 수 있지요. 싸이벡과의 협력은 상무님이 맡아 주세요."

차준후도 싸이벡이라는 기업의 이름은 들어본 기억이 있었다. 그것도 21세기 헬스장에서.

21세기에서 싸이벡은 명품 운동기구를 만드는 것으로 무척이나 유명했다. 오랫동안 재활기구를 만들었던 경험을 바탕으로 만들어진 싸이벡의 운동기구는 엄청난 호평을 받았다.

그런 싸이벡과 협업을 할 수만 있다면 헬스장 사업은 기대 이상으로 완성도가 높아질 터였다.

그뿐만이 아니었다.

사업에 있어서 시간을 무척이나 중요시하는 차준후다.

스카이 포레스트에서 직접 운동기구를 제작하려고 했

다면 적지 않은 시간이 필요했을 텐데, 싸이벡에게 발주를 맡길 수 있다면 그 시간이 상당히 줄일 수 있었다.

그렇기에 차준후는 싸이벡과 협업을 무척 반겼다.

싸이벡의 등장으로 헬스장 사업은 갑작스럽게 급물살을 타게 됐다.

"사장님이 오시자마자 일거리가 마구 쏟아지는군요."

"앞으로 더 바빠질 겁니다. 진행해야 할 신규 사업들이 많습니다."

차준후는 미국에 왔으니 그동안 미뤄 뒀던 일들을 잔뜩 처리하려고 했다.

"아, 시간이 벌써 이렇게 됐네요. 점심 먹으러 가시죠."

벌써 시계가 정오를 가리키고 있었다.

"대표님이 온다고 해서 일주일 전부터 식당을 예약해 뒀습니다. 일주일 전에 예약을 하지 않으면 식사를 할 수 없는 유명한 곳입니다."

"아주 좋습니다."

차준후가 만족스러운 미소를 지었다.

이곳저곳 바삐 돌아다니게 되며 생긴 장점이 하나 있다면, 바로 각지의 맛집에 가 볼 수 있게 됐다는 것이었다.

"가시죠."

토니 크로스가 차준후를 이끌었다.

밖으로 나오자마자 전화기를 붙잡고 바쁘게 일하고 있

는 실비아 디온이 보였다.

토니 크로스는 실비아 디온에게 재빨리 다가갔다.

"비서실장님, 식사하시고 일하죠. 같이 갑시다."

실비아 디온의 위상은 스카이 포레스트 미국 법인에서도 무척 높았다.

차준후에게 전달되는 중요 사안들은 모두 실비아 디온을 통해 보고가 될 뿐 아니라, 그 업무들을 처리하는 과정에서도 상당한 관여를 했기에 토니 크로스는 그녀에게도 잘 보이려 했다.

"네."

실비아 디온이 곧바로 차준후의 옆으로 움직였다.

"점심 식사 후에 신판정 기술고문을 불러 주세요."

"이미 연락을 취해 놓았어요. 오후 4시에 도착하신다고 말씀하셨어요."

"운동기구 제작을 싸이벡과 함께할 수도 있습니다. 토니 크로스 상무님이 싸이벡 경영진과 친분이 있다고 합니다."

"싸이벡! 좋은 회사죠!"

실비아 디온도 싸이벡에 대해 잘 알고 있었다.

운동을 즐기는 그녀는 그만큼 부상을 당할 일이 다른 이들보다 조금 더 있었고, 병원에서 사용되는 재활기구에 대해서도 알게 되었다.

그렇지 않아도 헬스장 사업을 구상하고 있다는 사실을 전해 들은 이후, 싸이벡에게 연락을 취해 협업을 할 수 있는 부분이 없을지 알아보려고 하던 참이었다.

 차준후와 실비아 디온, 토니 크로스는 식당으로 이동을 하는 짧은 시간 사이에도 업무에 관한 이야기를 멈추지 않고 이어 나갔다.

* * *

 LA 산타모니카 해변.

 스카이 포레스트 미국 법인에서는 매물로 나와 있던 번화가의 3층 건물을 사들였다.

 유동 인구가 상당히 많은 교차로에 위치해 있어 무척이나 입지가 좋은 건물이었다.

 스카이 포레스트에서는 3층 건물을 모두 리모델링을 하였고, SF 란제리 간판을 달았다.

 SF 란제리가 본격적으로 오픈을 하기 전에 먼저 댄싱 스타 촬영팀이 그곳을 방문했다.

 여주인공의 아르바이트 신을 촬영하기 위해 스태프들을 매장 곳곳에 조명을 설치하고, 카메라가 움직일 수 있도록 바닥에 레일을 깔았다.

 "설정했던 그대로, 아니 그보다도 훨씬 화려하군요."

라운이 매장을 둘러보면서 감탄했다.

여성의 속옷이 화려하면 얼마나 화려하겠는가.

차준후가 걱정할 필요 없다고는 했지만, 감독으로서 솔직히 걱정이 되지 않을 수 없었다.

물론 스카이 포레스트의 매장이니 어느 곳과 견주어도 부족함이 없을 만큼 멋있을 거라고는 예상했다.

"이건 무조건 통합니다. 여성들의 취향을 저격하는 환상적인 매장입니다."

라운이 환한 미소를 짓고 있었다.

사실 걱정을 많이 했다. 밋밋한 속옷들이 진열되어 있으면, 그가 바라는 연출 장면이 찍히지 않을 수 있었기에 우려한 것이었다.

화려한 속옷은 1960년대의 남성이 상상하기란 지극히 어려웠다. 여성들조차 경험해 보지 못한 신세계였으니까.

그런데 SF 란제리 상점에 진열된 속옷들은 화려한 자수가 새겨져 있거나, 저거 정말 입을 수나 있는 것인지 싶을 정도로 섹시했다.

왜 자꾸 눈길이 가는 걸까?

사랑하는 연인에게 선물해 주고 싶을 정도로 매력적인 속옷들이었다.

화려하면서 멋진 여성 속옷이라는 게 어떤 건지 이미지가 모호했는데, 이제는 확실히 알 것 같았다.

"걱정하실 필요 없다고 했잖아요. 이 속옷들이 여성들의 성공을 상징적으로 보여 주는 미장센이 될 거예요."

차준후가 직접 진두지휘하는 SF 란제리는 다시 한번 세계의 유행을 선도할 수 있는 잠재력을 지니고 있었다.

그리고 그런 잠재력을 일찍 터트리기 위해서 차준후는 이번에도 PPL이라는 언론플레이를 펼쳤다.

"처음 이야기해 주셨을 때는 확 와닿지가 않았는데, 이제 확실히 어떤 건지 알 것 같습니다. 속옷과 화장품으로 여성의 성공을 표현하다니, 정말 대단한 발상입니다."

"스카이 포레스트에서 제작하는 속옷과 화장품들은 대다수가 고가의 제품들입니다. 여성의 성공을 표현하기에 부족함이 없을 겁니다."

"댄싱 스타는 시골에서 상경한 남녀가 도시에서 성공해 나가는 이야기잖습니까. 일상 속에서 자연스럽게 그것을 표현해 낼 수 있다는 점이 무척이나 매력적입니다."

라운이 흥분을 감추지 못했다.

영상에서 의상, 분장, 소품 등 카메라에 담기는 모든 것이 작품을 표현하는 요소다.

라운은 댄싱 스타에서 특히 소품에 신경을 많이 쓰며 공을 들이고 있었다.

"방송국 관계자들과 제작진들 중 몇몇은 화려하고 선정적인 속옷들 때문에 말이 나올까 봐 걱정을 많이 하고 있긴 합니다."

차준후는 고개를 끄덕였다. 이 문제는 토니 크로스와 란제리 사업을 논의하며 그 또한 이미 인지하고 있는 부분이었다.

하지만 그렇다고 크게 걱정하진 않았다.

"시끄러워진다는 게 무조건 나쁜 일이 아니지 않습니까? 그만큼 많은 주목을 받을 수 있다는 것이기도 하니까요."

노이즈 마케팅이라는 게 그런 것이었다.

설령 부정적인 이슈라 하더라도 일단 시청자들의 이목을 끌 수 있다면 나쁘지 않다고 생각했다.

만일 작품이 형편없다면 작품에 악영향만 끼칠 수도 있겠지만, 댄싱 스타는 그 부정적인 시선을 단번에 뒤바꿀 만한 작품성을 지니고 있었으니까.

처음엔 부정적인 시선으로 댄싱 스타를 접하게 됐더라도, 1화만 볼 수 있게 만든다면 그 평가가 뒤바뀌리라 차준후는 확신했다.

댄싱 스타는 현재 미국에서 여러모로 화제를 모으고 있었다.

댄싱 스타의 시작이라 할 수 있는 SF-NO.1 밀크 광고는 아직도 미국 전역을 들썩이게 만들고 있었다. 그리고 이제는 미국을 넘어 유럽에서도 미니스커트를 유행시키며 엄청난 주목을 받았다.

하지만 신인 감독과 신인 여배우를 주인공으로 한 작품이라는 측면에서는 여타 작품보다 홍보에서 불리할 수밖에 없었다.

하지만 란제리를 작품에 등장시킴으로써 댄싱 스타는 미니스커트 못지않은 엄청난 열풍에 휩싸일 것이었다.

"욕을 하기 위해서라도 댄싱 스타를 꼭 봐 줬으면 좋겠네요."

라운은 환하게 웃었다.

미니스커트가 일으킨 노이즈 마케팅의 효과를 직접 경험한 장본인이었다.

욕을 하려면 드라마를 봐야 하지 않겠는가!

하지만 욕을 하려고 드라마를 보러 온 이들은 끝에 다들 칭찬만 늘어놓게 될 것이었다.

차준후와 마찬가지로 라운은 댄싱 스타에 큰 자신감이 있었다.

"방송국분들한테도 걱정 마시고 광고 좀 잘 부탁드린다고 이야기 좀 전해 주십시오."

"대체 누가 이걸 간접 광고라고 생각할 수 있겠습니까? 이거, 광고비를 받는 게 미안할 지경이네요."

라운과 CBC 방송국은 이번 스카이 포레스트의 PPL을 진행하기로 하며 상당한 광고비를 약속받았다.

그런데 오히려 이런 멋진 장소에서 촬영할 수 있게 해 준 차준후에게 돈을 줘야 하는 게 아닐까 싶을 정도였다.

"이 장면을 통해서 댄싱 스타는 고리타분한 가치관을 깨부수고 여성들에게 꿈을 심어 줄 겁니다. 덕분에 더욱 높은 시청률을 이끌어 낼 수 있게 됐습니다."

댄싱 스타는 1960년대의 미국 시대상을 고스란히 반영한 작품이었다.

1960년대 미국은 수많은 시골의 젊은 남녀들이 성공을 꿈꾸며 대거 도시로 상경하고 있는 시기였다.

또한 그동안 일부 여성들만 즐기던 화장과 장신구가 대중화되고 있는 시기이기도 했다.

이런 시대상을 잘 반영하여 공감대와 대리만족을 모두 충족시킬 수 있도록 짜인 스토리는 먹혀들 수밖에 없었다.

실제로 댄싱 스타의 대본을 확인한 여러 방송국에서는 신인 감독과 신인 여주인공에 대한 우려를 보이기도 했지만, 그것을 모두 압도할 정도로 댄싱 스타의 스토리에 긍정적인 반응을 보였다.

그에 각 방송국은 댄싱 스타를 자신들의 방송국에서 방영하기 위해 경쟁을 벌였는데, CBC 방송국이 최종 승자가 되었다.

성공이 확실한 댄싱 스타를 빼앗긴 다른 방송국에서는 시기와 질투의 시선을 보내고 있었다.

"대표님의 진성한 재능을 꽃피울 수 있는 장소는 바로 여기입니다. 제작 현장에서 함께 일하면 정말 재미있으실 겁니다. 저랑 계속 함께 일하시죠."

라운은 댄싱 스타의 스토리가 이렇게까지 완성될 수 있었던 건 차준후의 덕분이 크다고 여겼다.

물론 차준후로서는 작품성을 해치지 않는 선에서 간접 광고의 효과를 극대화하기 위해 이리저리 고민을 했던 것뿐이지만, 결과적으로는 댄싱 스타 대본의 완성도는 보는 사람들로 하여금 감탄을 자아내게 만들어졌다.

젊은 나이에 드라마 감독이 된다는 건 미국에서도 쉽지 않은 일이었다.

라운의 이른 성공은 모두 차준후 덕분이라고 해도 결코 과언이 아니었다. 그가 차준후에게 목을 메고 있는 건 어떻게 보면 당연했다.

하지만 차준후는 일말의 고민도 없이 고개를 가로저었다.

"제가 대본 작업에 참여한 건, 저희 스카이 포레스트의 제품을 간접적으로 광고할 수 있겠다는 생각 때문이었습니다. 저는 사업 외에는 관심이 없습니다."

차준후가 자신의 속내를 솔직하게 밝혔다.

작품의 미장센이 되어 줄 것이라고 포장하긴 했지만, 결국 그 모든 건 PPL이 목적이었다. 더 많은 대중에게 스카이 포레스트의 제품을 홍보하고 판매하기 위함이었다.

"저는 지금처럼 간간이 도움을 줄 수 있는 걸로 만족하고 있습니다."

차준후는 즐거웠다.

드라마와 영화를 사랑하는 사람으로서 제작 과정에 조금이나마 참여할 수 있다는 것만으로도 좋았다.

"하아! 정말 아쉽네요. 그럼 앞으로도 간간이 도움을 주셔야만 합니다?"

라운이 안타까워하면서도 챙길 건 알뜰히 챙겼다.

지금처럼 한 번씩 도움을 받기만 하더라도 더 좋은 작품이 될 것은 분명했다.

"도움을 드릴 수는 있지만, 그만큼 제게도 도움이 되어야겠죠."

해야 할 일이 너무나도 많은 차준후였다. 아무런 이득도 없는데 쉴 시간이 줄어드는 것까지 감수하고 누군가를 돕고 싶진 않았다.

"물론이지요. 다른 건 몰라도 제가 주고받는 건 확실합니다."

4월 중순이면 미국 전역에 송출될 댄싱 스타였다.

댄싱 스타가 대성공을 하게 된다면 엄청난 부귀영화를 움켜잡을 수 있을 것이었다.

그렇게만 된다면 차준후가 원하는 만큼 보답을 할 수

있었다.

라운의 꿈은 수많은 이에게 자신의 작품을 보여 주고, 감동을 주는 것이었다. 그 꿈이 이루어지기까지 목전에 이르러 있었다.

앞으로도 계속 그 꿈을 이어 나갈 수만 있다면, 다른 건 얼마든지 차준후에게 줄 생각이었다.

"대표님, 안녕하세요."

스타일리스트에게 화장을 마치고 나온 사만다 월치가 차준후에게 싱긋 웃으며 다가왔다.

사만다 월치는 시골에서 막 상경한 여성을 연기하게 되어 청소부의 남루한 옷차림을 하고 있었지만, 그녀의 아름다움과 섹시함은 숨기지 못했다.

댄싱 스타의 여주인공이 바로 그녀였다.

미니스커트 광고로 유명한 댄싱 스타의 여주인공이 되고자 하는 배우들이 무척 많았다. 그렇지만 라운과 차준후의 지목을 받은 사만다 월치가 여주인공으로 처음부터 낙점됐다.

차준후는 광고부터 시작해서 스카이 포레스트 시크릿 패션쇼를 하기 위해 대한민국까지 날아온 사만다 월치의 공을 잊지 않았다.

"잘 지냈어요?"

"대표님 덕분에 아주 잘 지내고 있어요."

사만다 월치는 요즘 구름 위를 걷는 기분이었다.

미니스커트 광고 이후로 그녀는 아주 잘나가고 있었다. 광고를 비롯해서 드라마와 영화 섭외 요청이 끊이지 않고 쇄도했다.

광고에서 보여 준 뇌쇄적으로 아름다운 모습에 그녀를 사랑하는 남성들이 늘어나고 있었고, 미국 최고의 육체파 여배우라는 이야기까지 듣고 있었다.

이제 그녀는 미국 전역에서 주목받고 있는 여배우였다.

"무슨 소리예요. 모두 사만다의 노력 덕분이지요. 제가 아니더라도 성공했을 게 분명합니다."

"대표님께서 인정해 주시니까 좋네요."

사만다 월치가 환하게 웃었다.

춤과 노래가 수준급이었지만 응모하는 오디션마다 떨어졌던 그녀였기에, 미니스커트 광고 아니었다면 언제 데뷔를 하게 될지 기약조차 할 수 없었다.

사만다 월치에게 차준후는 키다리 아저씨와 같은 커다란 은인이었다.

"대표님이 대본 제작에 참여한 댄싱 스타 드라마를 꼭 성공시킬게요."

사만다 월치가 의욕을 불태웠다.

독보적인 천재 차준후가 참여한 대본이었다.

대본을 본 배우들은 하나같이 이번 드라마에 참여하게

됐다는 사실에 감사하고 있었다. 배우들은 드라마의 성공을 의심하지 않았다.

예술성과 상업성이 절묘하게 어우러져 있는 대본이었고, 라운은 아름답고 화려한 장면을 연출할 수 있는 감독이었다.

라운은 자신의 연출 실력을 미니스커트 광고를 통해 잘 보여 줬다.

배우를 하다 보면 성공할 것 같은 대본과 감독을 만날 때가 있다. 바로 댄싱 스타가 그러한 성공의 기운을 뿌리고 있었다.

어느 정도 성공하느냐가 문제일 뿐이었다.

"어디까지나 댄싱 스타의 대본을 쓰신 건 라운 감독입니다. 저는 그냥 조금 도와 드린 것뿐이에요."

"에이! 조금이라뇨. 댄싱 스타 대본의 중심 뼈대는 밀크 광고인데요. 그리고 대표님께서 추가해 주신 내용들이 얼마나 호평을 받고 있는지 아십니까?"

라운의 말에 사만다 윌치가 맞장구를 쳤다.

"감독님 말이 맞아요. 대표님을 소개해 달라는 사람들이 많아요."

사만다 윌치는 근래 동료 배우들로부터 차준후와 안면을 트게 해 달라는 이야기들을 듣고 있었다.

차준후의 신데렐라!

차준후가 찍은 배우!

사만다 월치가 듣고 있는 이야기들이었다.

차준후와 가장 친밀한 배우라는 표현은 사만다 월치를 흡족하게 만들어 줬다.

'대표님은 나만 알고 싶어.'

사만다 월치는 차준후를 다른 배우들에게 소개해 주고 싶지 않았다.

"요즘 신규 사업들을 펼치고 있어서 해야 할 일이 많습니다."

본업으로 바쁜 차준후였다.

"아쉽네요."

라운이 입맛을 다셨다.

란제리 상점을 둘러보는 것만으로 차준후가 얼마나 바쁜지 짐작할 수 있었다. SF 란제리는 지금까지 세상에 없던 새로운 사업이었다.

"아, 헬스장 사업도 하신다고 했죠?"

"예, 맞습니다. 지금 열심히 운동기구들을 만들고 있는 중이죠."

"언제쯤 오픈하실 수 있나요?"

"최대한 서두르고 있는 중이지만 아무래도 세상에 없던 운동기구들을 만드는 거라 정확히 언제 될 거라고 말씀드리긴 어렵습니다."

"다름이 아니라 여주인공이 속옷 매장과 화장품 매장에서 아르바이트를 하지 않습니까. 남주인공은 헬스장에서 일하는 것으로 만들어 보면 어떨까 해서요."

라운이 대본에 새로운 내용을 추가하려고 했다.

쇼러너와 의견을 나눠 봐야겠지만, 아마 동의할 터였다.

'틀림없이 대단할 거야.'

라운은 SF 란제리 매장을 살피며 헬스장이 어떨지 짐작했다.

전 세계가 주목할 수 없는 헬스장!

그 차준후가 진행하는 사업이니 분명 그럴 것이 분명했다.

'분명 큰 주목을 받을 거야!'

세상에 없는 헬스장을 최초로 선보이는 드라마!

그것만으로도 충분한 화제가 될 것이었다.

"오! 좋은 생각이네요."

헬스장도 란제리 매장처럼 시청자들에게 홍보할 수 있다면 스카이 포레스트에게도 당연히 좋은 일이었다.

평범한 광고보다 드라마를 통해 시청자들에게 자연스럽게 노출시킬 수 있다면 나쁘지 않았다.

"그렇죠?"

SF 란제리에서 일하는 모습을 통해 여주인공은 시골에서 도시로 상경했을 때의 차이를 명확히 보여 주기 쉬웠다.

반면 남주인공은 그런 여주인공에 비해 상대적으로 밋밋하게 보일 수 있었다.

그런데 만약 세상에 없던 혁신적인 운동기구들일 비치된 헬스장에서 일하고 있는 모습으로 바뀐다면?

남주인공 또한 도시로 상경하여 성공한 모습이 더욱 직관적으로 연출될 수 있을 터였다.

"그런데 촬영 일자가 너무 촉박하지 않을까요?"

차준후가 우려를 표했다.

이미 예정된 방영 일자까지 그리 많은 시간이 남아 있지 않은 댄싱 스타였다.

"그 부분은 제가 어떻게든 해 보겠습니다. 대표님께서 계획하시는 운동기구들을 전부 보여 주실 필요는 없습니다. 기존에 없던 혁신적인 운동기구 두세 개만 있어도 충분히 대중들에게 어필할 수 있을 겁니다. 작품의 성공을 위해 제발 도와주십쇼!"

라운은 좋은 장면을 연출해 내기 위해 차준후를 붙잡고 늘어졌다.

"으음…… 저한테도 나쁜 이야기는 아니니 최대한 서둘러 달라고 요청해 보겠습니다."

차준후로서도 헬스장 사업을 성공이 보장된 댄싱 스타 PPL과 함께 시작할 수 있다면 더할 나위 없는 이야기였다.

"황혼이 깃든 산타모니카 해변을 바라보면서 러닝머신을 달리는 남자 주인공을 촬영하면 그림처럼 나오겠네요."

"상의를 탈의하면 더 좋겠네요. 조각 같은 몸매를 보여 주는 거죠."

"운동 열심히 시켜야겠는데요?"

"남주인공을 맡은 배우에게 오늘부터 닭가슴살만 먹으며 운동을 해 달라고 해야겠네요."

두 사람의 대화에는 거침이 없었다.

차준후의 아이디어를 라운이 더욱 극적으로 만들기 위해 양념을 쳤다.

척하면 탁이었다.

시청률을 높이기 위해서 졸지에 남주인공의 상의 탈의와 운동이 결정됐다.

헬스장은 아직 많이 이들에게 생소한 곳이기도 하기에 마케팅이 굉장히 중요했다. 수많은 대중이 시청할 댄싱 스타에서 홍보할 수 있다면 사업 초반에 커다란 힘이 되어 줄 터였다.

차준후는 이번 기회에 새로이 시작할 SF 란제리와 헬스장 사업을 댄싱 스타를 통해 확실하게 홍보하기로 마음먹었다.

'신판정 기술고문이 고생 좀 해 줘야겠네. 빌바오 샤르트르도 향수들을 더 빨리 만들어 줘야겠어.'

예상치 못한 헬스장 PPL이 정해지며 여러 사람들이 분주하게 움직여야만 했다.

"감독님, 촬영 준비 모두 끝났습니다. 잠시 대기하라고 할까요?"

조감독이 라운에게 보고했다.

"아닙니다. 이야기 다 끝났으니 곧바로 촬영 들어갈게요."

"알겠습니다. 배우들 모두 스탠바이시키겠습니다."

"대표님, 제 옆에 자리를 마련해 뒀으니 함께 가서 보시죠."

"제 자리가 아닌 것 같은데요."

"카메라 옆에서 보면 재미있으실 겁니다. 화면으로 보는 것과 달라요."

"대표님 앞에서 연기라니! 무척이나 긴장되네요."

라운과 사만다 윌치가 차준후와 함께하기를 원하고 있었다.

"알았습니다."

"잘 생각하셨습니다."

사실 차준후는 드라마 제작 현장이 궁금하기도 했었다.

차준후는 원래 드라마를 좋아하기도 했었고, 두 사람이 모두 부탁하기에 결국 감독 옆에 자리를 잡았다.

사실상 메인작가의 자리였다.

화면으로 보던 모습과 달리 촬영 현장은 생생함이 남달랐다. 아직 연기에 들어가지 않았지만 배우들이 각자의 자리에서 감정을 잡고 있었다.

"자! 촬영 준비하세요."

조감독이 큰 목소리로 소리쳤다.

사만다 윌치와 배우들이 저마다 연기를 할 준비를 마쳤다. 방금 전까지 평온하던 배우들의 표정이 삽시간에 달라졌다.

눈빛부터가 바뀌었다.

표정들이 각자의 배역에 맞게 변하면서 촬영 현장의 분위기를 후끈 달아오르게 만들었다.

"큐!"

라운이 촬영 시작을 알렸다.

'성공을 꿈꾸는 시골 소녀의 모습 그 자체네.'

차준후의 눈에 열연하고 있는 사만다 윌치의 무척 매력적으로 보였다.

흐뭇했다.

자신이 뽑은 배우였으니까.

'배역에 대한 이해가 좋네. 광고 때는 약간 풋풋한 맛이 있었는데, 그런 부족함이 사라졌어.'

사만다 윌치는 그동안 부쩍 성장해 있었다.

사만다 윌치의 연기력은 짧은 시간 사이에 부쩍 성장해

있었다. 그녀는 자신의 성장을 차준후에게 보란 듯이 뽐냈다.

여주인공인 사만다 월치에게 촬영 스태프들의 시선이 집중되어 있었다. 카메라도 그녀를 중심으로 해서 돌아갔다.

댄싱 스타는 환상과 현실을 달콤하게 보여 주는 드라마였다.

사만다 월치는 이제 막 도시에 올라온 시골 소녀로 완벽하게 변신해 있었다. 실제로 아르바이트를 하며 생활한 경험이 있기 때문인지 그녀의 연기는 무척이나 리얼했다.

청소부 알바로 취직한 사만다 월치가 마네킹이 입고 있는 팬티와 브래지어를 교정해 주고 있었다. 누가 건드렸는지 마네킹의 속옷들이 원래 있어야 할 위치에서 살짝 어긋나 있었기 때문이었다.

"지금 제정신이야? 손님들이 보는 럭셔리 속옷을 먼지 묻은 더러운 손으로 만져서 이렇게 엉망으로 만들어 놓으면 어떻게 해?"

"죄송해요. 속옷 위치가 잘못되어서 교정한다고 손을 댔어요. 제가 곧바로 세탁해 오겠습니다."

"세탁을 하면 중고가 되어 버리잖아! 생각이 있는 거야? 이러니까 청소부라고 해도 함부로 시골 촌뜨기를 뽑으면 안 되는 거야. 더러워져서 못 쓰게 된 속옷들 대체 어떻게 할 거야?"

"……제 잘못이니 제가 구매할게요."

"이 럭셔리 속옷은 당신이 한 달 동안 열심히 일해도 구매할 수 없는 제품이야. 무슨 돈으로 구매하겠다는 건지 모르겠네."

판매 상품을 먼지 묻은 손으로 만져 더럽힌 사만다 월치가 매장 매니저에게 연신 사죄를 했다. 그리고 그 광경을 매장 직원들이 말릴 생각도 하지 못한 채 힐끔힐끔 구경만 했다.

"이보세요, 매니저."

때마침 출구을 한 사장이었다.

"네, 사장님. 오셨어요?"

마구 짜증을 내고 있던 매니저가 곧바로 얼굴을 바꿔 버렸다.

"직원들에게 무례하게 대하지 말라고 제가 저번에도 말한 것 같은데요. 쥐 잡듯이 잡으면서 모욕하면 어쩌자는 겁니까?"

"직원이 아니에요. 그리고 먼지 묻은 손으로 속옷을 만져서 앞으로 그러지 말라고 당부하고 있는 거예요."

"당부요? 당부가 아니라 아랫사람을 상대로 스트레스를 풀고 있는 걸로 보이더군요. 제 상점에 당부와 모욕을 구분 못하는 매니저는 필요 없습니다. 당신은 해고입니다."

"사장님! 저는 잘못을 한 청소부에게 주의를 준 것뿐이에요!"

"이 사람 내쫓으세요."

일은 잘하지만 인성에 문제가 있던 매니저가 직원들에 의해 매장 밖으로 쫓겨났다.

"매니저의 잘못에 대해 제가 대신 사과를 드리죠."

"괜찮아요. 제가 실수를 한 것도 맞고, 사장님께서 사과하실 일이 아니잖아요."

"아랫사람의 잘못은 윗사람이 책임지는 겁니다. 방금 매니저가 잘려서 매장에 직원이 한 명 더 필요해졌는데, 혹시 매장에서 일해 보실 생각 없습니까?"

마네킹의 속옷 위치가 잘못된 걸 한눈에 알아본 것을 높게 평가하여 하는 제안이었다.

"해 보겠습니다. 감사합니다, 사장님."

매장 사장이 등장해서 여주인공을 구박하고 있는 매니저를 해고했다. 남주인공과 여주인공을 두고 삼각관계를 만드는 남자 사장이었다.

배우들이 모두 열연을 하고 있었다.

'여주인공을 제대로 이해하고 있는 사만다 월치! 오만한 재력가의 모습! 가난한 여자 알바생을 구박하는 매니저.'

차준후는 배우들이 댄싱 스타를 제대로 만들어 내고 있는 모습을 바로 옆에서 지켜봤다.

"컷! 오케이! 아주 좋았습니다."

첫 장면은 NG 한 번 없이 원 테이크로 끝이 났다.

배우들의 열연 덕분에 좋은 장면이 찍히자 라운은 행복한 웃음을 머금었다.

그러나 사만다 월치를 비롯한 배우들은 라운의 반응보다 그 옆에 앉아 있는 차준후의 반응에 주목했다. 차준후가 자신들의 연기를 어떻게 보았는지 궁금했다.

- 댄싱 스타의 메인 작가는 내가 아니라 차준후다.
- 차준후가 없었으면 댄싱 스타도 없었다.
- 댄싱 스타의 성공은 차준후에게 달렸다.
- 나는 차준후 대표가 만들어 낸 뼈대 위에 살만 붙였을 뿐이다.
- 댄싱 스타의 최대 개인 투자자가 바로 차준후다.

라운이 촬영 현장에서 툭하면 내뱉던 말들이었다.

라운의 말은 배우들에게 차준후에 대한 환상을 심어 줬다.

물론 그 이전에도 차준후는 무척이나 유명했다.

밀크 광고를 통해 무명의 사만다 월치를 신데렐라로 만

들었고, 톱스타임에도 그동안 대표곡이 없었던 그레이스 켈리에게 엄청난 명곡을 준 이야기는 이제 모르는 사람이 없었다.

그리고 무엇보다 댄싱 스타에 최대 투자자이기도 했다.

댄싱 스타는 CBC 방송국과 밀레니엄 스튜디오을 비롯한 여러 투자자들이 공동으로 투자를 한 작품이었다.

그런데 차준후는 개인적으로 투자한 금액도 상당할 뿐만 아니라, 밀레니엄 스튜디오의 대주주이기도 했다.

대본의 완성뿐만 아니라 제작비 투자에서도 차준후가 있었기에 제작될 수 있었던 작품이나 다를 바 없기에 그의 입지는 엄청나다고 할 수 있었다.

비단 지망생, 신인이 아니라 나름 경력이 있는 배우와 가수들에게도 차준후가 주는 무게감은 결코 작지 않았다.

"자! 다음 장면 준비하겠습니다."

조감독이 촬영 스태프들을 데리고 바쁘게 움직였다.

"어때요? 현장에서 보니까 느낌이 다르죠?"

"그러네요. 화면 너머로는 느낄 수 없는 배우들의 열기가 느껴집니다."

"그렇죠? 정말 배우들을 잘 섭외했어요. 다 대표님 덕분입니다."

댄싱 스타 대본은 배우들의 관심을 한 몸에 받았다.

좋은 대본은 드라마나 영화에서 엄청난 힘을 발휘하였

다. 라운이 딱히 배우를 섭외하기 위해 뛰어다니지 않아도 알아서 출연하고 싶다고 연락들이 날아왔다.

덕분에 라운은 실력 좋은 배우들을 콕콕 집어서 섭외할 수 있었다.

이 모든 건 차준후의 도움이 있었기에 가능한 일이었다.

"대표님을 잡아먹을 듯 바라보는 저 배우들의 눈길이 느껴집니까? 지금 배우들은 대표님의 대본에 푹 빠져 있습니다."

차준후가 배우들을 살폈다.

시선을 마주친 배우들이 하나같이 잘 보이기 위해 웃고 있었다.

그중 몇몇은 미국엔 고개를 숙여 인사하는 문화가 없음에도 차준후에게 살짝 고개를 숙여 인사를 하기도 했다. 차준후를 예우하기 위해 동양의 문화를 미리 공부해 온 것이었다.

댄싱 스타는 제목에서 알 수 있듯 배우들이 노래를 부르고 춤을 춰야 하는 장면이 제법 많았다.

그 때문에 가수 출신 연기자와 뮤지컬 배우들도 제법 포함되어 있었다.

이 당시 춤과 노래를 주제로 하는 영화는 조금 있었지만, 드라마는 사실상 없다시피 했다. 뮤지컬이라는 대체

재가 있기에 구태여 드라마로 그런 작품을 만들 생각을 하지 않았던 것이다.

그러나 차준후의 도움을 받아 탄생한 댄싱 스타는 수많은 이들의 주목을 모을 수밖에 없었다.

- 차준후가 만드는 노래는 다르다.
- 차준후는 제자리에서 곧바로 명곡을 만들어 낼 수 있는 능력자다.
- 차준후는 천재 작곡가다. 그레이스가 직접 목격했다.
- 나도 노래를 받고 싶다.

배우들은 동양의 예절을 공부할 만큼 경이적인 대본과 노래를 만들어 내는 차준후에게 푹 빠져 있었다.

특히 작곡 부분에 있어서 차준후의 명성은 점점 높아지는 기현상이 벌어졌다.

〈사랑하는 그대와 함께〉라는 노래 단 한 곡만 작곡한 차준후는 이후 다른 곡은 내놓지 못하고 있었다.

보통의 작곡가라면 능력 부족이라는 말을 듣거나 명성이 떨어져야 정상이었다.

그러나 차준후의 명성은 일반적인 경우와 달리 역주행을 해 나갔다.

- 사업이 바빠서 음악을 만들어 내지 않을 뿐, 엄청난 작곡 능력을 가지고 있다.
 - 지속적으로 작곡만 한다면 계속해서 명곡을 뽑아내고도 남을 천재야.
 - 그레이스가 다른 곡을 받기 위해 노력하고 있어. 그러니까 한국까지 날아가서 노래를 부르고 왔지.
 - 그의 기타 연주는 아주 환상적이야. 들으면 빠져들 수밖에 없지.

 소문의 진원지는 그레이스 켈리와 라운, 사만다 윌치였다.
 그들은 차준후가 앉은 자리에서 곧바로 명곡을 뽑아내던 순간을 잊지 못하고 있었다. 그렇기에 차준후의 대단함에 대해서 동료 가수와 주변 지인들에게 틈만 나면 이야기하곤 했다.
 그리고 그중에서도 가장 많은 소문을 퍼트리는 사람은 바로 그레이스 켈리였다.
 여전히 빌보드 1위를 차지하고 있는 노래 덕분에 그레이스 켈리의 의견은 가수들 사이에서 상당한 호응을 받고 있었다.
 덕분에 차준후에게 곡을 받기 위해 접촉하는 음반사와 가수들이 계속 늘어나고 있는 실정이었다.

"이건 너무 앞서 나가는 것 같아서 조심스러운데요."
"뭔데요?"
"댄싱 스타 2부가 제작될 수도 있어요."

첫 방송이 나가지도 않았는데 벌써 2부 이야기가 돌고 있었다.

공식적으로 확정된 사안은 아니지만, 이미 CBC 방송국 드라마본부에서 논의가 진행되고 있었다.

지금까지 촬영된 드라마 편집본을 검토한 CBC 방송국 드라마본부에서는 댄싱 스타를 모두 극찬했다.

내부 검토에서 이 정도로 평가를 받은 작품 중 실제로 반응이 안 좋은 경우는 극히 드물었다. 댄싱 스타 2부는 사실상 확정됐다고 봐도 과언이 아니었다.

그리고 그 사실은 댄싱 스타 배우들도 모두 알고 있었다.

댄싱 스타 배우들은 모두 2부에도 출연할 수 있길 간절히 바랐다.

그러니 그들이 차준후에게 잘 보이려고 노력하는 게 당연했다. 작품의 원작자인 차준후는 감독인 라운과 더불어 배우 선정에 가장 입김이 센 인물이었으니까.

"2부를 얘기하기엔 너무 이른 것 아닌가요?"
"초반 시청률이 잘 나오면 곧바로 2부 제작에도 들어가서 텀을 최대한 줄이자고 하더군요."

물 들어올 때 노 젓자!

CBC 방송국에서 대대적으로 댄싱 스타를 밀어주고 있었다.

미국은 철저하게 자본주의였다. 성공할 것 같으면 아낌없이 지원을 해 준다.

"그래서 말인데…… 2부에 대한 아이디어 좀 있으실까요?"

"네?"

"어떤 것이든 좋습니다! 제가 머리를 쥐어짜며 고민해 봤는데, 도통 어떻게 이야기를 이어 나갈지 좋은 아이디어가 떠오르지 않아요."

라우이 차준후에게 간곡하게 부탁했다.

"우선 시청률을 보고 이야기하죠."

시청률이 나와야 2부도 확정되는 것이었다. 아직 확정되지 않은 것까지 이야기하는 건 너무 일렀다.

"걱정 마세요. 무조건 성공할 거예요."

"저도 그렇게 생각하고 있기는 합니다."

차준후가 자신감을 드러냈다. 아무리 봐도 실패할 것 같지 않았다.

라운은 어떻게든 차준후의 도움을 받고 싶었다.

댄싱 스타 1부 대본이 이렇게 잘 뽑힐 수 있었던 건 차준후의 덕분이 컸다.

그 덕을 2부에서도 보고 싶었다.

"도와주실 건가요?"

"제가 돕지 않아도 충분히 성공하실 텐데요. 도움이 정말 필요합니까?"

"물론이죠! 간절히 원하고 있어요. 보수는 제대로 지급하겠습니다."

"보수는 2부의 투자 지분을 더 가져가는 걸로 하지요. 마침 떠오르는 이야기가 있으니 2부 제작이 확정되면 시놉시스를 짜서 곧바로 전달드리죠."

차준후는 댄싱 스타 2부 대본 제작에 참여하면서 챙길 걸 알뜰하게 챙겼다.

2부에 대한 이야기를 듣자마자 이미 차준후의 머릿속에 떠오르는 스토리들이 있었다.

독신으로 살며 연구를 할 때를 제외하곤 나머지 시간을 전부 드라마와 영화, 책과 함께 보냈던 그였다.

시대를 가리지 않고 보았던 명작들이 농축된 액기스가 1961년 미국 드라마판에서 만들어지고 있었다.

"투자 지분은 CBC 방송국을 비롯해서 다른 투자사들과도 조율이 필요한 부분이라 협의를 해 봐야겠지만, 최

지미 헨드릭

대한 원하는 대로 맞춰 드릴 수 있도록 하겠습니다. 그런데 아이디어가 아니라 시놉시스를요? 혹시 몇 부작 분량이 될지 예상이 가십니까?"

"음…… 원하시면 24부작까지도 가능은 할 것 같네요."

그들의 대화를 바로 옆에서 듣고 있던 배우들과 스태프들은 하나같이 두 눈을 커다랗게 떴다.

"들었어? 24부작이래!"

"천재라고 하더니, 정말 머릿속에서 바로 이야기가 뽑아져 나오는구나."

"무조건 2부에도 합류한다. 이건 될 수밖에 없는 드라마야."

"댄싱 스타는 내 인생의 최고의 필모그래피가 될 거야."

댄싱 스타가 1부에서 끝이 나지 않고 2부, 그것도 24부작으로 더 이어질 수 있다는 가능성이 제기되자 배우들이 의욕을 불태웠다.

이 좋은 작품을 조금이라도 더 많이, 길게 촬영할 수 있다는 건 그들에게 엄청난 기회였다.

그리고 그 열정이 곧바로 촬영 현장에서 드러났다.

"감독님! 방금 전 제 연기가 미숙했습니다. 다시 한번 가도 될까요?"

"괜찮게 나왔습니다만……."

"더 잘할 수 있습니다. 한 번만 더 부탁드립니다."

"알겠습니다."

배우들이 눈에 불을 켜고서 최고의 연기를 펼쳤고, 이런 분위기가 촬영 내내 이어졌다.

배우들의 열연을 라운이 카메라를 통해 확실하게 잡아냈다. 대단한 연기를 지켜보고 있었기에 흐뭇한 웃음을 참지 못하고 있었다.

'미리 2부 시놉시스를 만들어 놓아야겠다. 시청률이 너무 잘 나올 것 같아.'

차준후는 댄싱 스타의 시청률 고공행진을 확신했다.

직접 두 눈으로 지켜보고 있자니 정상의 자리를 차지하고도 남아 보였다.

촬영이 쭉쭉 진행됐다.

열연을 한 배우들 덕분에 거의 모든 장면이 원 테이크로 끝났고, NG가 난 장면들도 세 번 넘게 촬영하지 않았다.

"모두 수고하셨습니다."

"연기 아주 좋았습니다."

"고생하셨어요."

예정됐던 시간보다 일찍 촬영이 끝났다.

가지고 있는 모든 걸 토해 낸 배우들이 인사를 하고서 돌아갔고, 제작진들도 촬영 장비들을 정리하기 시작했다.

"차준후 대표님, 부탁이 있습니다."

드라마를 제작하면서 차준후에게 많이 기대고 있는 라운이었다. 밑에서부터 단계적으로 성장하지 못한 부작용이었다.

"무슨 부탁이요?"

"우리 드라마에 음악이 많이 들어가지 않습니까?"

댄싱 스타는 여타 드라마에 비해 OST가 많이 사용될 뿐만 아니라, 중요도 또한 높은 작품이다.

"그런데 여주인공의 테마곡으로 사용할 곡 선정에 문제가 조금 있습니다. 여러 곡들을 받았는데, 좀처럼 마음에 드는 곡이 없습니다."

라운이 간절한 눈빛으로 차준후를 바라보았다.

작품에 어울리는 명곡을 하나 달라는 의미가 듬뿍 담겨 있었다.

사실 라운은 이미 이전에도 댄싱 스타에 사용될 곡을 몇 개 줄 수 없는지 차준후에게 간곡히 부탁한 적이 있었다.

드라마의 제작 의도를 누구보다 잘 알고 있을 뿐만 아니라, 엄청난 작곡 능력을 지닌 것으로 유명했기에 최고의 적임자라고 판단했던 것이다.

그러나 당시 차준후는 그 부탁을 거절했다.

극찬을 받는 미래의 명곡들을 많이 알고 있는 그이지만, 그것을 타인에게 준다는 건 그 노래를 부를 누군가의 미래를 바꾸는 일이었기 때문이다.

이미 충분한 성공 요인을 갖춘 댄싱 스타이기에 그렇게까지 할 필요는 없다고 생각했다.

그레이스 켈리에게 주었던 곡은 본래 그 곡의 주인이 그녀이기 때문에 상황이 달랐다.

그런데 한 번 거절했던 이야기를 라운이 한 번 더 부탁해 오자 차준후는 고민에 잠겼다.

"마음에 드는 곡이 하나도 없던가요?"

"조금씩 미진하더라고요. 저뿐만 아니라 음악감독도 같은 의견이었습니다."

"그 곡들을 좀 살펴볼 수 있을까요?"

곡을 주는 건 어렵지만, 곡을 검토해 주는 것 정도는 해 줄 수 있었다.

"물론이죠. 잠시만요!"

라운이 재빨리 십여 장의 악보를 가지고 왔다.

"악보?"

"미처 필요한 상황이 있을 줄 모르고 장비를 못 챙겼는데, 악보만으로 괜찮으실까요?"

당연히 가이드 녹음이 된 노래를 들려줄 것이라 생각했던 차준후가 살짝 당황했다.

'이 시기엔 카세트테이프가 발명되기 전이니 어쩔 수 없나.'

1961년은 아직 축음기를 사용해 LP판으로 음악을 듣는 시대였다.

방송국과 같은 곳에서는 릴 테이프라는 녹음테이프 사용했지만, 사이즈가 너무 큰 탓에 들고 다니기가 쉽지 않은 건 마찬가지였다.

몇 년 후에 발명될 휴대용 릴 테이프와 카세트테이프가 세상에 나오기 전까지는 음악을 듣는 데는 여러 애로사항이 많았다.

차준후는 어쩔 수 없이 우선 악보만으로 곡을 살펴보기로 했다.

"그래도 곡이 제법 많이 들어오긴 했군요."

"문제는 그 많은 곡 중에서 마음에 드는 곡을 찾지 못했다는 거지만 말입니다……."

"잠시 살펴보겠습니다."

차준후가 악보들을 보기 위해 집중했다.

악보들을 넘기면서 댄싱 스타 여주인공에게 어울리는 노래가 있는지 살폈다.

그러다 한 악보를 살피던 차준후의 눈이 커졌다.

"캔디 레이디?"

"아! 그 곡은 기타 연주가 굉장히 독창적인 점은 굉장히 높은 평가를 받았는데, 반대로 너무 독창적이어서 대중성이 부족하다는 게 전반적인 평가였습니다."

블루스 장르의 기타 연주곡이었다.

정형화된 대중성 있는 곡이 아니고, 다소 공격적이며 거친 면이 있는 탓에 이걸 두고 평가가 많이 엇갈렸다.

"작곡가의 이름이…… 제임스 헨드릭이군요."

제임스 헨드릭!

나중에 지미 헨드릭이라고 불리는 그는 역사상 최고의 기타리스트를 꼽을 때 사람들이 가장 먼저 떠올리는 전설적 아티스트다.

기타리스트의 역사는 지미 헨드릭 이전과 이후로 나뉜다는 찬사까지 받고 있기도 하다.

흑인이 아직 많은 차별을 받던 시대에서 오로지 실력만으로 당대 최고의 백인 밴드와 어깨를 나란히 하며 스타덤에 오른 위대한 기타리스트!

그런 기타리스트가 뜬금없이 차준후의 앞에 나타났다.

"그 곡이 마음에 드십니까?"

마음에 들 수밖에.

차준후는 음악을 사랑하는 한 사람으로서 감격해 마지않을 수 없었다. 회귀 전 자신이 태어나기도 전에 죽은 전설적 기타리스트를 만날 수 있다는 것 자체가 놀라운 일이었다.

"너무 파격적인 음악이라 대중성을 갖추지 못한 것은 맞습니다. 하지만 대중의 니즈는 계속해서 변화하기 마련입니다. 충분한 지원만 해 준다면 이 곡은 오래도록 사람들에게 기억될 최고의 명곡이 될 겁니다."

실제로 제임스 헨드릭의 연주는 미국에서 큰 인기를 얻고 있는 곡들과 크게 다른 탓에 별다른 호응을 얻지 못했지만, 영국에서 활동을 시작하며 순식간에 큰 주목을 받게 됐다.

제임스 헨드릭이 미국에서 무명으로 지냈던 것은 그의 연주가 별 볼 일 없기 때문이 아닌, 그저 미국인들의 취향에 부합하지 않았기 때문에 불과했다.

하지만 차준후로 인해 지금의 미국은 원 역사와 크게 분위기가 달라졌다.

밀크 광고를 통해 미니스커트가 열풍을 불러일으켰고, 미국인들은 점차 보수적인 시선을 벗어던지고 있었다.

그뿐만이 아니었다.

곧 시작될 SF 란제리, 헬스장 사업도 틀에 박힌 미국의 분위기를 뒤바꿀 사업이었다.

드라마 댄싱 스타도 그중 하나라고 볼 수 있었다.

지금의 미국이라면, 자신이 뒤바꿔 놓은 미국이라면 제임스 헨드릭의 진가를 알아볼 수 있을 것이라 차준후는 판단했다.

'위대한 기타리스트를 위대하게!'

차준후는 미국인들이 위대한 기타리스트를 알아보지 못하면 강제로 알도록 만들 작정이었다.

"대표님께서 그렇게 말씀하신다면 그런 거겠죠."

라운은 차준후의 안목을 크게 신뢰하고 있었다.

그동안 차준후가 눈여겨본 인물들은 하나같이 범상치 않은 능력을 보여 주었으니까.

이전에도 광고모델을 데리고 오겠다며 나가서는 사만다 월치를 데리고 왔던 차준후였다.

"그렇게 믿어 주시니 감사하네요."

왜 이 곡을 선택했는지 자세한 설명을 요구했다면 차준후로서는 난처할 수밖에 없었다. 차준후는 그저 지미 헨드릭과 그의 곡을 알아본 것뿐이었으니까.

라운이 무조건적인 신뢰를 보내 줘서 참 다행이라 할 수 있었다.

'자연스럽게 폭스 레이디의 일부분을 알려 주면 괜찮겠

는데.'

 차준후는 캔디 레이디의 악보를 살피며, 지미 헨드릭의 대표곡 가운데 하나인 폭스 레이디를 떠올렸다. 폭스 레이디의 멜로디를 캔디 레이디와 조합하며 절묘하게 어우러질 것 같았다.

 폭스 레이디에 대해 알려 주면 제임스 헨드릭이 캔디 레이디를 어떻게 편곡해 낼지 벌써부터 기대됐다.

 "제임스 헨드릭을 만나 봐야겠습니다. 바로 연락을 취해 봐 주실 수 있습니까?"

 차준후는 조금이라도 빨리 지미 헨드릭을 만나 보고 싶었다.

 한 명의 팬으로서.

 그리고 댄싱 스타의 투자자로서.

 지미 헨드릭은 댄싱 스타의 OST를 채워 줄 가장 훌륭한 대안이 될 수 있었다.

 "곧바로 제임스 헨드릭에게 연락을 취해 보겠습니다. 캔디 레이디를 여주인공 OST로 확정했다고 말하면 곧바로 달려올 겁니다."

 라운이 전화기를 찾아서 움직였다.

 역사상 최고라 불리는 전설적인 기타리스트의 운명이 크게 바뀌게 되는 순간이었다.

* * *

 제임스 헨드릭이 클럽 대기실에서 기타를 만지작거리고 있었다. 자신의 공연이 아닌, 다른 뮤지션의 백업을 맡게 되어 기다리는 중이었다.

 그는 흑인들이 주로 이용하는 클럽에서 이따금 세션맨으로 활동을 했는데, 언젠가는 자신의 무대에 서는 게 꿈이었다.

 그 노력의 일환으로 얼마 전에 댄싱 스타 여주인공 테마곡에 악보를 보내기도 했다.

 '젠장! 역시 떨어졌나 보네.'

 예정됐던 날에 연락이 오지 않았기에 제임스 헨드릭은 고배를 마셨다고 생각했다.

 사실 큰 기대를 안 하고 있긴 했다. 무명의 기타리스트의 곡을 큰 화제가 되고 있는 드라마의 OST로 써 줄 가능성은 낮았다.

 그럼에도 제임스 헨드릭은 도전을 포기할 수는 없었다.

 '나도 신데렐라가 되고 싶다.'

 사만다 윌치의 신데렐라 이야기를 알고 있는 제임스 헨드릭이었다.

 가난하고 힘든 건 버틸 수 있었다.

 그가 바라는 건 오로지 하나, 더 많은 이에게 자신의

연주를 들려주는 것이었다.

그 시작이 댄싱 스타가 되길 바랐는데…….

그때였다.

대기실의 문이 갑자기 열리면서 클럽 직원 한 명이 안으로 들어섰다.

"제임스!"

"준비됐습니다."

"그게 아니라 전화 왔어. 그런데 클럽 전화를 연락처로 남겼어?"

"죄송합니다. 혹시라도 급한 연락이 올 수도 있어서 몇몇 사람들에게만 알렸어요."

"댄싱 스타라는 드라마 제작팀이라고 하던데, 그런 곳에서 왜 전화가 온 거야?"

클럽 관계자의 말에 대기실에 있던 모든 사람이 놀란 눈으로 제임스 헨드릭를 바라보았다.

드라마 제작팀!

사람들이 관심이 집중될 수밖에 없었다.

시끄럽던 대기실이 순식간에 조용해졌다.

"……저, 정말요? 정말 댄싱 스타 제작팀에서 저한테 연락이 왔나요?"

놀란 제임스 헨드릭이 뒤늦게 반응을 보였다.

이곳에서 가장 놀란 사람은 다름 아닌 제임스 헨드릭

본인이었다. 일말의 기대를 놓지 않고 있긴 했지만 설마 진짜 연락이 올 줄이야.

"감독이라는 사람이 전화를 끊지 않고 기다리고 있으니 빨리 가 봐."

"아, 네! 감사합니다!"

제임스 헨드릭은 허둥지둥 대기실 밖으로 뛰쳐나갔다.

"드라마 제작팀에서 연락이 왔다고?"

"설마 저 녀석 곡이 드라마에 쓰이는 건가? 너무 부럽다."

"와, 앞으로 잘 보여야겠는데?"

"열심히 하더니 잘됐네!"

그렇게 대기실에 남은 사람들이 제임스 헨드릭에 대해 이야기를 나누는 사이, 제임스 헨드릭은 전화기를 붙잡고는 연신 허공에 허리를 숙이고 있었다.

"네, 감사합니다! 무대를 마치고 곧바로 달려가겠습니다!"

제임스 헨드릭이 종이 위에 라운이 읊어 주는 주소를 받아 적었다. 주소를 받아 적는 그의 손은 경련이라도 일어난 것처럼 덜덜 떨리고 있었다.

그 모습을 본 클럽 사장이 피식 웃음을 흘렸다.

"그 상태로 무대에 올라가서 제대로 연주나 할 수 있겠어? 무대에는 다른 백업 기타리스트를 올릴게. 지금 바로 가 봐."

"신경 써 주셔서 감사합니다, 사장님!"

"대신 우리 클럽을 잊으면 안 돼. 성공해도 꼭 여기 와서 연주해 줘야 한다?"

클럽 사장이 일찌감치 제임스 헨드릭에게 침을 발랐다. 평소에도 제임스 헨드릭의 연주를 높이 평가했던 그는 제임스 헨드릭이 꼭 성공할 거라고 믿고 있었다.

"택시비 줄 테니까 빨리 가 봐. 인생이 달려 있는 중대한 일이잖아."

클럽 사장이 제임스 헨드릭의 손에 지폐 몇 장을 쥐여 줬다.

"감사합니다."

클럽에서 빠져나온 제임스 헨드릭이 택시를 곧장 택시를 잡았다.

택시 안에서도 그의 심장이 요란하게 뛰었다.

마치 꿈만 같은 순간이었다.

'누군지 모르겠지만 제게 이런 기회를 주셔서 정말 감사합니다. 당신이 죽으라고 하면 죽는시늉까지 하겠습니다.'

제임스 헨드릭은 자신에게 찾아온 기회를 놓치지 않겠다고 결심하는 한편, 기회를 준 사람을 위해 뭐든지 하겠다고 속으로 다짐했다.

가난한 흑인 집안의 아들로 태어나 기회에 굶주렸던 그의 눈빛이 이글거렸다. 이번에 성공하지 않으면 죽는다는 각오로 임하는 자세였다.

 역사상 최고의 기타리스트가 차준후의 품 안으로 뛰어드는 순간이었다.

* * *

 차준후와 라운이 밀레니엄 스튜디오에서 대화를 나누고 있었다.

 텔레비전에서는 NBC 방송국의 드라마가 방송되고 있었다. 미국 최고의 드라마 왕국이라는 이야기를 듣고 있는 NBC 방송국이었다.

 NBC 방송국에서도 댄싱 스타 제작에 욕심을 냈었지만, 신인 감독에 신인 여배우가 여주인공으로 기용된 댄싱 스타의 투자에 다소 소극적이었던 탓에 CBC 방송국에 밀리고 말았었다.

 "NBC 방송국도 주말 드라마 편성이 확정됐네요."

 화면에서는 2주 뒤 방영될 신작 드라마의 예고편이 이어지고 있었다.

 상당한 제작비가 투입된 작품인지 시선을 절로 빼앗길 만큼 화려한 장면의 연속인 작품이었다.

"앨버트로스, 방송 관계자들이 모두 기대하고 있는 작품이죠."

앨버트로스는 첩보물이었다.

미국 첩보원이 전 세계를 누비며 액션을 벌이는 드라마로, 무척이나 스케일이 컸다.

화려한 폭발 연출과 다양한 해외 로케이션 등 예고편만으로도 작품에 얼마나 많은 돈이 쓰였는지 짐작할 수 있었다.

그런 작품이 바로 댄싱 스타와 동시간대에 방영되는 NBC 방송국의 경쟁 드라마였다.

"유명 감독의 작품에, 주연과 조연 모두 유명 배우들로만 구성되었다고 하더군요."

한 명의 감독으로서 부럽지 않을 수 없을 정도로 호화롭게 구성된 작품이었다.

라운은 앨버트로스에 시청자들을 빼앗기진 않을지 걱정이었다.

"걱정되시나요?"

"저희 댄싱 스타와 달리, 앨버트로스는 감독부터 배우들까지 전부 이미 대중들에게 인기를 얻고 있는 사람들이 만든 작품이니까요."

라운은 자신이 찍은 댄싱 스타가 재밌다고 생각했다.

그러나 자신의 눈에는 재밌을지라도 다른 사람의 눈에

는 재미없을 수도 있는 것 아닌가?

다소 위축된 라운의 모습에 차준후가 피식 웃음을 흘렸다.

"너무 걱정하실 필요 없을 겁니다."

차준후는 앨버트로스의 화려한 예고편을 보고도 일말의 걱정도 들지 않았다. 믿는 구석이 있었기 때문이다.

'앨버트로스라는 드라마는 들어 본 적이 없어.'

영화와 드라마 매니아인 차준후다. 1961년도의 방영된 드라마라 할지라도 큰 성공을 거둔 작품이라면 이름 정도는 들어 봤을 터였다.

그런데 기억에 전혀 없다면 결국 망했다는 소리였다. 걱정을 할 이유가 하나도 없었다.

"대표님 말씀을 들으니 한결 마음이 편해지네요."

"잘될 겁니다. 그렇게 되도록 제가 힘을 보태고 있잖습니까."

차준후는 이번 댄싱 스타의 높은 시청률을 위해 많은 장치와 양념을 첨가해 놓았다. 그 장치들은 드라마의 성공에 아주 지대한 영향을 끼치는 것들이었다.

"믿습니다."

잠시 나약한 모습을 보였던 라운이 힘을 냈다.

그는 자신의 대본을 믿고, 자신이 뽑은 배우들도 믿었지만 그보다도 더 믿는 것은 바로 차준후였다.

차준후가 투자한 사업들 가운데 지금까지 실패한 것은 단 하나도 없었다. 아니, 실패는커녕 하나같이 엄청난 성과를 거두었다.

그리고 댄싱 스타는 그 차준후가 거액을 투자한 드라마였다.

라운은 댄싱 스타도 차준후의 신화적인 성공 신화의 하나가 되어 주기를 간절히 기도했다.

그때였다.

띵동! 띵동!

초인종 소리가 울렸다.

"누구십니까?"

"아까 연락을 받은 제임스 헨드릭입니다."

"들어오세요."

라운이 제임스 헨드릭과 함께 들어왔다.

제임스 헨드릭은 검은 바지와 무지갯빛 셔츠를 입고 있었는데, 그러한 화려한 패션보다도 머리에 폭탄이라도 맞은 것 같은 헤어스타일이 무척이나 시선을 잡아끌었다.

폭탄 머리, 영어로는 아프로 스타일이라고 불리는 머리는 지미 헨드릭의 트레이드마크였다.

"인사하세요. 이분이 당신의 노래를 댄싱 스타의 OST로 뽑자고 의견을 주신 차준후 대표님입니다. 드라마 제작에 많은 도움을 주고 있는 분이죠."

"제임스 헨드릭입니다. 앞으로 잘 부탁드립니다. 앞으로 제임스라고 편하게 불러 주십시오."

제임스 헨드릭이 자신을 알아봐 준 차준후에게 정중하게 손을 내밀었다.

"지미…… 아, 제임스 헨드릭이라고 하셨죠."

차준후가 악수를 나눴다.

머릿속에서 익숙한 이름이 부지불식간에 입 밖으로 튀어나왔다.

실수였다.

그러나 상대가 실수를 그대로 받아들이지 않았다.

"지금 순간부터는 지미 헨드릭입니다."

제임스 헨드릭, 아니 이제 지미 헨드릭이 된 그가 화끈하게 바로 이름을 바꾸겠다고 선언했다.

"지미 헨드릭…… 입에 착착 달라붙네요. 좋은 이름을 주셔서 감사합니다."

지미 헨드릭은 자신의 이름을 되뇌며 무척이나 즐거워했다.

미국의 인종차별은 무척이나 유명하다. 그중에서도 특히 흑인에 대한 인종차별은 극심했고, 지미 헨드릭은 뛰어난 재능에도 불구하고 고작 피부색 하나 때문에 많은 무시를 받았었다.

그렇게 단 한 번의 제대로 된 기회조차 주어지지 않던

자신에게 처음으로 기회를 준 은인이 아닌가!

그 은인을 위해서라면 이름도 얼마든지 바꿀 수 있었다.

그렇게 졸지에 전설이 될 이름으로 개명을 해 주게 된 차준후였다.

"큼큼. 바로 캔디 레이디 연주를 들어 볼 수 있을까요?"

엉뚱한 감사를 받은 차준후가 머쓱해하며 연주를 청했다.

전설적인 기타리스트, 지미 헨드릭의 연주를 눈앞에서 들을 수 있게 되다니.

한시라도 빨리 그의 연주를 듣고 싶었다.

댄싱 스타에 들어갈 OST를 확인하기 위함도 있지만, 사심이 섞이지 않을 수 없었다.

"물론이죠!"

지미 헨드릭은 연주하기 전에 마지막으로 기타 조율을 했다.

기타를 조율하는 지미 헨드릭의 심장이 다시 한번 요란하게 쿵쾅거렸다. 한 차례 심호흡을 하며 마음을 가라앉힌 그가 이내 연주를 시작했다.

차준후는 두 눈을 감고 들려오는 기타 연주에 집중했다.

시작은 평범한 블루스였던 기타 연주가 이내 지미 헨드

릭만의 독창성을 담아 갔다.

'지금은 이 정도인가?'

이제 막 19살이 된 지미 헨드릭이었다.

지금의 연주도 무척 훌륭했지만, 임준후의 영혼을 사로잡았던 전설적인 기타리스트의 연주에는 미치지 못했다.

세계적인 기타리스트로 성장하려면 아직 시간이 필요한 천재였다.

"여기까지입니다."

캔디 레이디의 연주를 마친 지미 헨드릭이 긴장한 표정으로 차준후와 라운을 바라보았다.

'미진한데…….'

라운이 만족스럽지 못한 표정으로 차준후를 쳐다보고 있었다. 그는 차준후가 왜 이 곡을 여주인공의 테마곡으로 정했는지 이해를 하지 못했다.

간헐적으로 독특하게 튀어나오는 지미 헨드릭의 기타 연주는 무척이나 생뚱맞게 들렸다.

'이번에는 차준후 대표도 실수를 한 거 아닐까?'

라운은 처음으로 차준후에 대한 의심이 피어났다.

'젠장! 망했어.'

긴장해서 실력을 모두 발휘하지 못한 지미 헨드릭의 얼굴이 썩어 문드러졌다. 모든 실력을 다 발휘했다고 해도 어찌 될지 모르는 일이었는데 최악이었다.

"잘 들었습니다. 잠시 기타를 빌릴 수 있을까요?"
"네? 아, 네! 물론이죠!"
"고마워요. 소중하게 쓰고 돌려 드리죠."
"저렴한 기타니까 막 쓰셔도 됩니다."
"그럴 수는 없죠."

차준후가 조심스럽게 지미 헨드릭의 기타를 건네받았다.

비싼 명품 기타는 아니었다.

그렇지만 지미 헨드릭이 사용하고 있는 기타였다. 전 세계의 기타리스트들이 모두 눈에 불을 켜고 만져 보기를 꿈꾸는 기타인 것이다.

기타 줄을 손가락으로 튕기던 차준후가 가만히 눈을 감았다.

회귀 전, 지미 헨드릭의 기타 연주를 듣고서 크게 감명을 받아 필사적으로 따라 한 적이 있었다. 지미 헨드릭의 기타 실력을 백분지 일조차 따라 할 수 없었지만 스스로는 만족했었다.

그때의 추억들이 새록새록 떠올랐다.

'잘 들어 보세요. 당신이 남긴 연주법입니다.'

차준후가 손가락으로 기타 줄을 튕기기 시작했다.

좀 전의 캔디 레이디가 실내에 울려 퍼졌다.

"아!"

지미 헨드릭 〈65〉

"아, 좋다!"

라운과 지미 헨드릭이 차준후의 연주가 시작되자마자 감탄사를 터뜨렸다.

차준후가 웃으며 기타를 치고 있었다.

그 모습과 함께 들려오는 음악이 두 사람의 영혼에 깊숙하게 각인됐다.

실내에 울리고 있는 기타 연주에는 시원함 속에 애절함이 깃들어 있었고, 일렉기타의 내지르는 특별한 멋과 기운이 녹아 있었다.

감수성과 예술성이 풍부한 두 사람은 모두 그걸 단번에 알아볼 수 있었다.

미니스커트 광고에 삽입된 〈사랑하는 그대와 함께〉의 기타 연주보다 지금이 훨씬 더 발전해 있었다.

그때 이후로 틈틈이 집에서 홀로 기타를 연주하며 시간을 보냈던 차준후였다.

아직 제대로 된 방송국이 없던 대한민국에서 시간을 보내기에 가장 좋은 방법은 바로 음악 감상이었다.

집에는 레코드판으로 가득 채워진 공간이 만들어졌다. 음악을 듣다가 마음이 동하면 기타를 들고는 했다.

지금 그의 기타 실력은 제법 잘 친다는 소리를 듣던 전생 때보다도 많이 성장해 있었다.

그런 차준후의 기타 연주는 두 사람에게 큰 충격을 주

었다.

'아니, 기타 연주까지 이렇게 잘하신다고? 도대체 못하시는 게 뭐야?'

라운은 이제 어이가 없을 지경이었다. 차준후가 다재다능하다는 건 알고 있었지만, 설마 기타까지 잘 칠 줄은 상상조차 하지 못했다.

반면 지미 헨드릭은 전혀 다른 이유로 라운보다 더욱 경악하고 있었다.

'분명 테크닉은 아마추어 수준인데…… 이런 식으로 연주하는 방법도 있다니…….'

차준후의 연주 실력은 아마추어 수준에 불과했다. 지미 헨드릭과 차준후의 실력은 비교조차 불가능한 수준이었다.

그러나 그의 연주법만큼은 지미 헨드릭에게 엄청난 충격을 선사했다. 수많은 기타리스트의 연주를 들어 보았지만, 이런 연주법은 처음이었다.

분명 똑같은 곡을 연주하고 있었지만, 차준후의 캔디 레이디스는 독특한 연주법으로 인해 완전히 다른 곡으로 변모해 있었다.

'내가 꿈꾸던 이상적인 연주야.'

지미 헨드릭을 둘러싸고 있는 정신세계의 단단한 껍질에 균열이 갔고, 차준후의 기타 연주를 들을수록 균열은 점점 커져 갔다.

그의 단단한 껍질이 무너지고 있었다.

차준후의 연주가 지미 헨드릭을 새로운 신세계로 이끌었다.

지미 헨드릭에게 차준후의 연주가 왠지 모르게 친숙했고, 그의 연주가 자신이 나아가야 할 길이라는 느낌을 받았다.

지미 헨드릭의 두 눈이 반짝이기 시작했다.

그는 전신을 관통하는 전율을 느끼며 차준후의 일렉기타 연주에 푹 빠져들었다.

천재적인 재능을 지닌 지미 헨드릭의 머릿속에 폭탄들이 연달아서 터져 나갔다. 미래의 자신이 만들어 낼 연주법을 미리 들은 천재는 자기만의 스타일로 해석을 실시간으로 해 나갔다.

디리리링!

연주를 마친 차준후의 입가에는 여전히 미소가 피어나 있었다.

"어떻습니까?"

차준후는 지미 헨드릭 앞에서 기타를 연주했다는 사실만으로도 설렜다.

"최고입니다! 대표님의 연주를 그대로 OST로 사용하고 싶은 심정입니다."

"환, 환상적입니다."

지미 헨드릭은 말을 더듬을 정도로 큰 충격을 받은 상태였다. 그리고 그 충격에서 아직 헤어나지 못하고 있었다.

분명 같은 곡을 연주한 것이고, 자신의 테크닉이 더 뛰어남에도 차준후의 캔디 레이디가 훨씬 아름다웠다.

짧은 시간이었지만 지미 헨드릭은 큰 깨우침을 얻었다.

차준후를 대하는 지미 헨드릭의 태도가 더욱 정중해졌다.

"두 분 모두 좋게 들어주셨다니 고맙네요. 하지만 지미 헨드릭이 이보다 더 좋은 연주를 들려줄 겁니다. 연주를 다시 들려줄 수 있나요?"

차준후는 다시 한번 지미 헨드릭에게 기회를 제공했다.

"물론이죠!"

두 번 다시 오지 않을 절호의 기회라는 걸 지미 헨드릭이 알아차렸다. 그리고 그걸 떠나서 그의 영혼과 손가락이 기타를 치고 싶어서 꿈틀거리고 있었다.

지지징! 지지지징!

지미 헨드릭이 방금 전 들은 노래를 재해석하여 독창적인 소화 능력을 선보이기 시작했다. 좀 전과 완전히 다른 연주 실력을 보여 주고 있었다.

"역시 대단하네!"

차준후가 아까 전에 비해 만족스러운 미소를 지었다.

역사상 최고의 기타리스트인 지미 헨드릭의 천재성이 드러나고 있었다.

전율스러웠다.

전설적인 기타리스트인 지미 헨드릭이 바로 그의 앞에서 연주를 하고 있었다.

좀 전의 다소 실망스러웠던 연주와 달리, 이번에는 전설적인 모습을 살짝 내비쳤다. 위대한 연주를 직접 들어본 적이 있던 차준후였기에 누구보다 잘 알았다.

앞으로가 더욱 기대되는 지미 헨드릭이었다.

"아까와 완전히 달라졌어요. 여주인공의 테마곡으로 정말 어울리네요!"

라운이 크게 감탄했다.

차준후의 연주도 좋았지만 지미 헨드릭의 기타 연주에는 마음을 울리는 느낌이 있었다.

"지미 헨드릭은 훗날 역사상 최고의 기타리스트가 불리게 될 겁니다. 그런 사람이 우리 드라마의 OST를 연주해 주는 거죠."

"어떻게 눈에 보이지 않는 재능을 발견하실 수 있는 겁니까? 정말 두 눈으로 보고도 믿기지 않네요."

라운이 혀를 내둘렀다.

투고된 곡들은 전부 전문가들이 검토를 진행했다. 그러

나 그들 중 그 누구도 지미 헨드릭의 천재성을 알아보지 못했다.

두 사람이 대화를 나누는 순간에도 지미 헨드릭의 연주는 계속 이어졌다.

그리고 실시간으로 더더욱 성장하고 있었다. 전설로 남을 천재의 재능이 역사보다 일찍 깨어나고 있었다.

이윽고 기타 연주가 끝났다.

짝짝짝!

자리에서 일어난 차준후가 박수를 쳤다.

라운도 재빨리 일어나서 박수를 요란하게 쳐 댔다.

두 사람의 기립박수를 받은 지미 헨드릭의 얼굴 표정이 잔뜩 상기되어 있었다.

"정말 감명 깊었습니다."

"감사합니다. 이 모든 게 저에게 큰 깨우침을 준 차준후 대표님 덕분입니다."

지미 헨드릭은 진심으로 차준후에게 고마움을 느끼고 있었다.

마치 감았던 눈을 뜬 기분이라고 해야 할까?

지금껏 어두웠던 세상에 색깔이 입혀진 듯한 기분이었다. 그리고 심지어 지금도 머릿속에서 그 색채는 더욱 아름답게 칠해지고 있었다.

"계약하시죠. 최고의 대우를 약속합니다."

물론 신인의 기준에서 최고의 대우를 뜻하는 것이었다.

하지만 그것만으로도 무명인 지미 헨드릭에게는 상상조차 할 수 없었던 파격적인 대우였다. 이제는 더 이상 돈 걱정 없이 음악에만 집중할 수 있게 되었다.

"감사합니다!"

계약을 반기면서도 지미 헨드릭의 시선이 차준후에게 박혀 있었다.

자신에게 이런 기회를 준 차준후였다.

하지만 그보다도 자신을 한 단계 성장시킬 수 있는 계기를 선물해 준 차준후는 다른 의미에서도 은인이었다.

지미 헨드릭과 시선이 마주친 차준후가 물었다.

"혹시 저녁 식사는 하셨나요?"

"아직 못했습니다."

연락을 받자마자 먼 거리를 택시를 타고 바로 달려온 지미 헨드릭이었다. 식사를 할 시간은 없었다.

"괜찮으시다면 식사를 함께하며 좀 더 이야기를 나눌 수 있을까요."

"아, 네! 좋습니다!"

차준후의 제안에 지미 헨드릭은 잠시도 망설이지 않고 대답했다.

"제가 좋은 식당으로 모시겠습니다. 가시죠."

세 사람이 밀레니엄 스튜디오와 멀지 않은 식당으로 들

어섰다. 간단한 요리조차 상당한 가격이 나가는 고급 레스토랑이었다.

차준후와의 저녁 식사를 위해 라운이 예약해 둔 식당이었다.

레스토랑 한가운데에서는 우아한 드레스를 입은 피아니스트가 피아노를 연주하고 있었다. 아름다운 음률이 레스토랑을 가득 채웠다.

"주문하고 싶은 요리 있나요? 여기는 저녁 만찬 코스 메뉴가 좋습니다."

"그걸로 하죠."

"저도요."

차준후는 추천해 준 요리를 선택했다.

지미 헨드릭은 단 한 번도 방문해 보지 못한 고급 레스토랑이었기에 그대로 따랐다. 괜히 다른 음식을 주문하려다가 낭패를 당할 수도 있었기에 소심해지고 말았다.

커다란 테이블 앞에 주문한 음식들이 곧바로 나오기 시작했다.

제일 먼저 식전 빵이 버터와 함께 나왔는데 무척 부드럽고 맛있었다. 곧바로 샐러드가 준비되었는데 무척이나 건강한 맛이었다.

근사한 코스 요리들이 연달아 나왔다.

메인 코스인 스테이크 요리와 함께 제공된 와인을 직원

이 와서 따라 줬다.

"와인 향이 좋네요. 좋은 사람들과 함께 마셔서 더욱 좋고요."

차준후가 와인 향을 맡으면서 이야기했다.

"저도요."

"두 분과 함께할 수 있어서 영광입니다."

라운과 지미 헨드릭도 마찬가지였다.

"건배할까요?"

"좋지요."

"좋습니다."

"오늘의 만남을 위하여! 위대한 기타리스트의 출발을 위하여!"

"위하여!"

"가장 위대한 기타리스트가 되기 위해 열심히 노력하겠습니다."

감정이 고조된 지미 헨드릭이었다.

목을 타고 넘어가는 와인이 너무나도 감미로웠다.

전 세계를 열광시킬 역사상 최고의 기타리스트가 차준후를 위해 기타를 치겠노라 마음속으로 다짐했다.

차준후도 흥분해 있는 건 마찬가지였다.

오늘을 평생 잊지 못할 것 같았다.

21세기를 살아가던 그가 전설적인 기타리스트의 연주

를 직접 듣게 될 줄 상상이나 해 봤겠는가!

"아, 혹시 계약을 맺은 에이전시는 있으신가요?"

"아뇨. 없습니다."

하긴 계약을 맺은 에이전시가 있었다면 클럽 전화를 연락처로 남기진 않았을 터였다.

'관리를 잘 받을 수 있으면 좋을 텐데…….'

차준후는 지미 헨드릭이 걱정됐다.

27세라는 젊은 나이에 요절하는 지미 헨드릭이었다.

그의 죽음이 꼭 건강과 연관됐다고 단정 지을 수는 없지만, 그와 별개로도 건강이란 건 챙길수록 좋은 것이었다.

지미 헨드릭이 여러 약물에 손을 댔다는 건 널리 알려진 사실이었다.

차준후는 설령 그의 죽음까지는 운명을 피할 수 없다 하더라도, 최소한 살아 있는 동안 건강하게 음악을 할 수 있길 바랐다.

'그런데 미국에서는 그런 케어를 기대하긴 어려우니…….'

미국의 엔터테인먼트는 한국의 엔터테인먼트와는 큰 차이가 있었다.

우선 음반의 제작과 배급을 맡는 음반사, 그 음반사를 비롯한 여러 업체들과 소속 연예인을 연결시켜 주는 에이전시로 업무가 철저히 분담되어 있었다.

이는 한 회사가 모든 업무를 처리하여 독점적 지위를 누리는 것을 막기 위함이었다.

이러한 시스템의 장점은 연예인에게 큰 자유도가 주어진다는 매력이 있지만, 그만큼 개인의 관리 또한 연예인 스스로 책임져야 하는 탓에 관리적인 측면에서는 미흡해질 수밖에 없었다.

미국의 엔터테인먼트 구조로는 지미 헨드릭이 어떤 에이전시와 계약을 맺든 건강 관리까지 책임져 주리라는 기대를 갖긴 어려운 것이었다.

"혹시…… 대표님께서는 에이전시 사업은 안 하고 계신가요?"

지미 헨드릭은 가능하다면 차준후와 함께 일하고 싶었다. 그리고 기회가 된다면 그의 연주를 다시 한번 듣고 싶었다.

"음…… 아직 에이전시 사업 쪽은 고민해 본 적이 없습니다."

"이번 기회에 한번 시작해 보시는 건 어떻습니까?"

라운이 은근슬쩍 끼어들었다.

지미 헨드릭을 위한다는 마음도 있지만, 차준후가 이 바닥에 조금 더 발을 들였으면 하는 마음이 컸다.

차준후는 잠시 고민에 잠겼다가 이내 입을 열었다.

"만약 제가 에이전시를 차린다면, 그 에이전시는 일반

적인 에이전시들과는 많이 다를 겁니다. 정확히는 매니지먼트사라고 표현하는 게 적합할 수도 있겠군요. 예를 들면 소속 연예인들이 꾸준히 운동을 하도록 강제할 겁니다. 이런 식으로 행동에 제약을 받을 수도 있는데 괜찮으십니까?"

 차준후가 21세기 한국 연예기획사의 시스템을 자유분방한 지미 헨드릭에게 적용하려 했다.

"다, 당연하죠."

지미 헨드릭은 예상치 못한 이야기에 순간 몸을 움찔했지만, 곧바로 대답을 하며 고개를 끄덕였다.

차준후의 회사와 계약만 할 수 있다면 무엇이든 감내할 각오가 되어 있었다.

"그리고 병원 진료도 정기적으로 받으셔야 합니다."

"하하하! 내일 당장 병원에 다녀올게요."

지미 헨드릭이 자신 있게 웃었지만 속으로는 식은땀을 흘리고 있었다.

평소 운동과는 담을 쌓고 살며, 수면제가 없이는 잠이 들지 못하는 그였다. 앞으로 꾸준히 운동을 하고, 병원에도 정기적으로 다녀야 한다니 벌써부터 막막한 기분이었다.

"알겠습니다. 스카이 포레스트와 계약을 맺은 병원이 있는데, 그곳에 가서 검진부터 받으시죠. 비용 처리는 저희가 처리해 드릴 테니 걱정하지 마시고요."

차준후는 지미 헨드릭 한 명을 위해 매니지먼트 사업을 시작하기로 마음먹었다.

아직 재능이 만개하기 전이라고는 하나, 전설적인 기타리스트와 계약을 맺을 수 있는 것이다. 사업적인 측면에서는 당연히 손해 볼 것이 없는 장사였다.

무엇보다 함께 일하고 싶고, 한 번 더 연주를 듣고 싶다고 생각했던 건 지미 헨드릭만이 아니었다.

제3장.

광고 폭격

광고 폭격

차준후 또한 한 사람의 팬으로서 지미 헨드릭과 함께 일하고 싶었고, 곁에서 그의 연주를 더 듣고 싶었다.

돈보다는 팬으로서 지미 헨드릭을 돕고 싶었다.

"계약은 추후 회사 설립 절차가 모두 끝나면 다시 연락드리도록 하고, 매니지먼트는 곧바로 바로 제공하도록 하죠. 감독님, OST 계약서는 저희 회사 측으로 전달 부탁드리겠습니다. 신인으로서 최고의 조건이라고 했으니 기대하고 있겠습니다."

"아, 네……."

라운은 일찌감치 지미 헨드릭과의 계약을 끝마치지 않은 걸 후회했다.

식사를 하러 오기 전에 계약서 작성을 끝마칠 걸 그랬

다. 그랬다면 조금이라도 더 밀레니엄 스튜디오에 유리하게 계약할 수 있었을 텐데…….

차준후가 직접 계약서를 검토하는 이상, 조건 협의가 빡빡해질 듯했다.

두 사람의 대화를 듣고 있는 지미 헨드릭이 흐뭇하게 웃었다. 자신이었다면 조건을 떠나서 계약서에 곧바로 사인을 했을 테니까.

이런 경험이 없는 그가 계약 조건을 따지기란 어려운 일이었다.

"아, 대표님도 밀레니엄 스튜디오와 제대로 작가 계약을 맺으시는 건 어떻습니까? 댄싱 스타의 2부 시놉시스도 받기로 했으니까 말입니다."

"작가 계약이요?"

"예. 제대로 된 계약서를 작성하는 편이 좋지 않겠습니까?"

라운이 진정으로 계약서에 사인을 받고 싶은 사람은 바로 차준후였다. 어떻게든 차준후와 밀레니엄 스튜디오를 엮고 싶었다.

참으로 노골적인 욕심이었다.

"아니, 저는 간간이 도움을 드리는 걸로 만족하고 있다니까요."

"그냥 밀레니엄 스튜디오의 작가로 이름만 올린다고

생각하셔도 됩니다. 계약서를 쓴다고 해서 무언가 요구하는 일은 없을 겁니다."

책임은 없고 권리만 존재하는 최상의 조건이었다.

"저는 스카이 포레스트의 대표고, 다른 어디에도 소속을 두고 싶은 마음이 없어요."

차준후가 제안을 거절했다.

"정말 아쉽네요. 지금은 물러나겠습니다."

라운은 차준후의 영입을 포기하지 않는 눈치였다.

다음에 또다시 거론할 것이 분명했다.

여러 차례 거절했는데도 불구하고 거절을 거절하는 질긴 성격이었다. 한 번 물면 놓지 않는 지독한 성격이어서 크게 성공한 것인지도 몰랐다.

'혹시라도 라운과 계약하게 되면 계약서를 잘 살펴봐야겠다. 절대 그냥 사인하지 말아야 해.'

차준후는 변호사에게 보여 주기 전에는 라운과의 계약서에 절대 사인을 하지 말아야겠다고 생각했다.

계약서를 잘못 썼다가는 라운에게 코가 꿰일 것만 같았다.

* * *

창밖으로 산타모니카의 넓은 해변이 보이는 경관을 자

랑하는 스카이 포레스트 미국 법인 사장실.

그곳에서 마호가니 원목 테이블을 사이에 두고 마주 앉은 차준후와 토니 크로스가 아침 일찍부터 회의를 하고 있었다.

며칠간 차준후는 토니 크로스에게 스카이 포레스트의 미국 법인의 상황을 보고받았다. 보고를 받아야 할 내용이 너무 많은 탓에 며칠이나 보고가 이어진 것이었다.

토니 크로스가 미국 법인에서 진행 중인 프로젝트들의 진행 상황과 보유 현금 자산 등 차준후가 알아야 할 것들을 정리하여 설명했다.

순풍에 돛을 단 듯 순항하고 있는 스카이 포레스트 미국 법인이었다. 미국 법인의 현금은 마르지 않는 샘처럼 아무리 써도 오히려 늘어나고 있었다.

미국 법인의 성장세가 무척 가팔랐다.

앞으로도 꼬박 몇 달을 작업해야 할 주문서가 밀려 있을 정도로 매출은 계속해서 우상향 중이었고, 시장 점유율도 점차 늘어났다.

이러한 성장세는 앞으로도 이어질 것으로 보였다.

"무스와 실프 마스크팩 출시 준비는 잘되고 있습니까?"

"새로운 라인의 가동 준비를 모두 끝내 놓았습니다. 이제 본격적으로 생산만 하면 됩니다. 시험 생산에서 아무런 문제도 나오지 않았습니다."

관계 부처에 신고해야 할 것들도 이미 다 처리한 상태였다.

스카이 포레스트 미국 법인은 이제 언제든 무스와 실프 마스크팩 등 신제품들을 생산할 준비가 되어 있었다.

"무스와 실프 예약 주문은 얼마나 들어왔나요?"

"거래처들에서 서로 더 달라고 난리입니다. 특히 무스 제품의 예약 주문량이 엄청납니다. 이번에 새로이 추가한 생산 라인까지 모두 100% 가동을 해도 주문량을 모두 맞추기는 어려울 것으로 예상됩니다. 생산 라인을 더 추가 설치해야 할 것 같습니다."

토니 크로스는 벌써부터 머리가 무거웠다.

화장품들이 너무 잘 팔려도 문제였다.

거래처와 유통사에서 스카이 포레스트의 신제품을 확보하기 위해 아귀처럼 달려들고 있었다.

기존 제품들만 하더라도 들어오는 주문을 전부 해결하지 못해 몇 달 치 주문서가 쌓이고 있는 상황이었는데, 아직 생산도 안 들어간 신제품들의 예약 주문까지 폭주했다.

소비자들과 거래처를 달래느라 이번에도 잔뜩 고생을 할 것이 벌써부터 눈에 훤했다.

토니 크로스의 입에서 절로 한숨이 흘러나왔다.

"공장에 생산 라인을 추가 설치할 공간이 있나요?"

"다행히 공간적 여유가 있습니다."

"추가 생산 라인 설치와 신규 직원 채용은 상무님만 믿습니다."

"재미교포들을 챙겨 주는 것도 잊지 마세요."

차준후는 인종차별로 인해 직장을 구하기 어려운 재미교포들을 챙기려 노력했다. 스카이 포레스트의 미국 법인은 설립 초기부터 재미교포를 우대하여 채용해 주었다.

"LA 한국일보에 채용 광고를 내보내겠습니다. 그런데 저한테 모든 일을 맡겨 놓으시고 대표님은 뭘 하시려고요?"

토니 크로스가 조금 삐딱하게 물었다.

자신에게 일을 다 맡겨 놓고 본인은 편안하게 쉬려는 것이 아닐까 싶었기 때문이다.

"신상품에 대해 모르는 미국인이 많잖아요. 그들이 알 수 있게 광고를 제작해야죠."

광고 제작은 미국 진출 초반부터 차준후가 심혈을 기울이고 있는 분야였다. 실제로 미니스커트 광고 기획과 실무 대부분에 관여해서 엄청난 성과를 만들어 냈다.

차준후는 광고와 마케팅 분야에 있어서 타의 추종을 불허하는 탁월한 감각과 지식 등을 지니고 있었다.

단 한 편의 미니스커트 광고로 업계를 뒤흔들어 놓았고, 그 여파는 아직도 현재진행형이었다.

"아, 그런 거였군요. 알겠습니다. 하지만 광고 제작이 다 끝나시면 저를 많이 도와주셔야 합니다. 거래처들에서 대표님을 한번 만나 뵙고 싶다고 계속 아우성입니다."

"한동안은 어려울 겁니다. 제작해야 될 광고가 많아서요."

"네?"

"무스, 헬스장, 란제리, 큐빅, 배꼽티까지 지금 생각해 둔 것만 해도 다섯 편이네요."

"그렇게 많이요? 그 정도면 폭격 수준이네요."

광고를 다섯 편이나 동시에 제작하는 건 어느 기업에서도 보기 드문 일이었다. 그 정도면 광고 업계의 큰손으로 대우받을 수 있었다.

"기존에 있더라도 잘 알려지지 않았거나, 또는 아예 없던 새로운 것들이라 광고를 통해 소비자들에게 이것들이 무엇인지 제대로 홍보할 필요가 있습니다. 그리고 지금 당장 생각해 둔 게 다섯 편일 뿐이지, 아마 추가적으로 더 광고를 제작하게 될 겁니다."

"그런데 배꼽티가 뭡니까?"

토니 크로스는 마지막 배꼽티 부분에 대해서 알지 못했다.

배꼽이 강조되는 옷인가?

그런데 배꼽을 어떻게 강조한다는 건지 이해가 되지 않

앉다.

"배꼽을 드러내는 짧은 티, 크롭톱이라고 표현하면 이해가 쉬우시겠군요."

차준후는 크롭톱을 SF 패션의 새로운 성장 동력으로 만들어 활력을 불어넣을 계획이었다.

"그리고 조금 더 위쪽까지 드러내는 미드리프톱까지 두 가지 형태로 제작할 겁니다."

"조금 더 위쪽이라면?"

크롭톱은 1930년대에 이르러 패션업계에서 두각을 드러내기도 했지만, 아직 시대 분위기상 일상복으로는 사용되지 않고 수영복으로만 활용되었다.

길거리에서 여성이 입고 다니는 걸 본 적이 없는 토니 크로스이기에 차준후가 말하는 게 어떤 옷인지 제대로 머리에 그려지질 않았다.

특히 일반적인 크롭톱보다 더 짧다는 미드리프톱은 짐작조차 할 수 없었다.

되묻는 토니 크로스를 향해 차준후가 손짓으로 횡격막 부근을 가리켰다.

"헉!"

토니 크로스가 깜짝 놀라 몸서리쳤다.

배꼽까지 드러내는 크롭톱은 어느 정도 이해를 할 수 있지만, 미드리프톱은 짧아도 너무 짧았다.

차준후가 미니스커트를 유행시키며 하의 패션에 새로운 바람을 불러일으켰는데, 이제는 배꼽티로 상의 패션의 유행을 새롭게 조성하려고 날뛰었다.

"아니, 란제리만으로도 충분히 걱정거리였는데 그런 옷까지 만든다는 겁니까?"

토니 크로스는 벌써부터 머리가 지끈거렸다.

SF 란제리 사업만으로도 이미 미니스커트 광고 때와 마찬가지로 시위가 이어질 것으로 짐작되는 상황이었다. 그런데 배꼽티 사업까지 진행한다면 시위의 규모가 어떻게 될지는 뻔했다.

미국 내에서 미니스커트 논란이 아직 채 사라지지 않았고, 스카이 포레스트를 불편하게 보는 보수적인 사람들도 엄청났다.

차준후도 이번 광고가 논란을 불러일으킬 거라는 걸 잘 알았다.

"미니스커트도 결국 대유행이 만들어지지 않았습니까? 이번에도 크게 다르지 않을 겁니다. 오히려 지금 시작하지 않으면 다른 곳에서 먼저 선보일 수도 있어요. 업계의 유행을 선도하며 앞서 나가기 위해서는 지금 시작해야만 합니다."

미니스커트 유행이 미국에서 유럽까지 퍼져 나가며 패션 업계는 그에 맞춰 발 빠르게 움직이고 있었다.

미니스커트가 소비자들의 보수적인 관념을 깨부숴 주었으니, 이제는 다소 노출이 있는 패션도 더 쉽게 받아들여질 것이라는 게 업계 분석이었다.

 이미 다양한 패션에 대한 연구, 분석이 들어간 상황이고, 당장은 떠올리지 못했더라도 결국은 다른 업체에서도 얼마 지나지 않아 크롭톱을 출시할 것이 분명했다.

 무엇보다 패션은 유행에 굉장히 민감한 분야였다. 배꼽티는 미니스커트 못지않게 소비자들의 이목을 집중받으며 엄청난 화제가 될 터였다.

 이것을 출시하는 업체를 모든 언론에서 다룰 것이고, 그 업체는 단번에 업계 인지도가 높아질 수밖에 없었다. 만약 그렇게 된다면 시장 점유율을 올리기는커녕 오히려 빼앗길 것이었다.

 그러니 한시라도 빨리 다른 곳보다 먼저 배꼽티를 출시해서 시장을 선점해야 한다는 것이 차준후의 생각이었다.

 "그렇군요. 확실히 맞는 말입니다. 역시 대표님은 혁신적이며 독창적인 아이디어의 달인이자 마케팅의 귀재십니다. 도대체 대표님의 머릿속은 어떻게 되어 있는 건지 정말 궁금합니다."

 토니 크로스가 혀를 내둘렀다.

 이번에도 미국을 아주 시끄럽게 만들려고 작정한 차준후였다.

출시하는 제품마다 성공 스토리를 쓰는 차준후에게서 광고는 빼놓을 수 없는 요소였다. 다른 기업들이 생각해 낼 수 없는 혁신성과 독창성을 바탕으로 만든 광고는 소비자들의 관심을 충족시키기에 충분했다.

너무나도 강렬한 광고에 소비자들은 좋은 쪽으로든, 나쁜 쪽으로든 아우성이었다.

좋은 쪽으로는 이어진 품절 행렬에 제품을 사고 싶어 난리였고, 나쁜 쪽으로는 스카이 포레스트와 차준후를 비난하며 욕하기 바빴다.

지금도 미니스커트 때문에 스카이 포레스트와 차준후에게 반감을 갖고 손가락질을 하는 미국인들도 적지 않있다.

하지만 매출이 모든 것을 증명하듯, 더 많은 이들이 스카이 포레스트의 제품에 환호를 보냈다.

"아름답고, 멋있어지고 싶은 건 인간의 본능적인 욕망이에요. 그것을 가장 잘 충족시켜 주는 게 바로 패션이고요. 단순히 어떤 옷이 아름답고 멋있느냐, 이것만 생각하면 되는 거죠. 저는 그중에서도 단순히 옷을 짧게 만든 것뿐입니다. 미니스커트, 크롭톱 둘 다 그냥 아래를 짧게 만든 옷일 뿐이니까요. 상무님께서도 생각의 발상을 전환하면 쉽게 떠올릴 수 있었을 겁니다."

"아닙니다. 저는, 아니 누구도 그런 생각은 간단히 할 수 없습니다. 대표님이니까 가능했던 거죠."

토니 크로스가 손사래를 치면서까지 강하게 부인했다.

"아, 그나저나 광고 모델로는 누구를 섭외하실 생각이십니까?"

"시너지를 생각한다면 댄싱 스타의 여주인공인 사만다 윌치가 적격이지요."

차준후는 미니스커트에 이어 배꼽티도 사만다 윌치를 선택했다.

톱스타로 발돋움하고 있는 사만다 윌치는 사람들의 관심을 끌기에 충분했다. 미니스커트에 이어서 배꼽티 광고가 대유행을 만들어 내면 당대 최고의 섹시 스타로 성장할 수도 있었다.

차준후의 신데렐라라고 불리는 사만다 윌치의 성공 이야기가 더욱 극적으로 진행되어 갔다.

* * *

스카이 포레스트의 이번 다섯 편의 광고는 시리즈였다. 한 편의 광고가 하나의 일화를 다루고 있지만, 다섯 편의 광고는 전체적으로 연결된다.

이야기의 전체적인 흐름을 다루는 데 있어서 차준후가 남다른 정성을 기울였다. 머릿속에 떠오른 아이디어를 광고에 담기 위해 연필을 들었다.

"헤어무스는 머리 스타일링의 필수품이지. 자연스러운 헤어스타일링을 보여 주자."

졸라맨처럼 그린 캐릭터의 머리카락을 차준후가 정성스럽게 그리기 시작했다. 단순하기 그지없는 그림체였는데, 머리카락이 말미잘이 폭풍을 맞은 것처럼 마구 날뛰었다.

머리카락 위에는 큐빅이 박힌 아름다운 왕관이 꽂혔다. 헤어무스 광고에는 큐빅과 배꼽티가 함께 등장할 예정이었다.

헤어무스 광고라고 해서 헤어무스만 나오는 것이 아니었다.

큐빅과 배꼽티는 헤어무스로 완성된 헤어스타일링을 더욱 부각시키기 위한 용도로 활용될 예정이었다.

홀로 있을 때보다 함께 하면서 더욱 시너지 효과를 발휘하는 것이다.

사각! 사각!

연필 움직이는 소리만 한동안 실내에 울렸다.

"음! 메두사인가?"

잠시 연필을 멈춘 차준후가 그림을 보면서 중얼거렸다. 정말 집중해서 그렸는데 어째서인지 잘 표현이 되지 않았다.

그림이 너무나도 처참했다.

광고에 등장할 여인의 헤어스타일이 소위 정신 나간 여자처럼 보였고, 큐빅 왕관도 잔뜩 녹슬어 버린 고물처럼 표현되고 말았다.

마치 초등학생이 미술 수업 시간에 성의 없이 그려 놓은 것처럼 보였다.

지우개로 몇 번 지우고 다시 그려 봤다.

좋게 만들려고 했지만 그림이 지저분해서 처음보다 더욱 나빠졌다. 지우고 덧칠한다고 해서 더 좋은 그림이 나오지 않았다.

결국 콘티를 더 좋게 만드는 욕심을 차준후가 내려놓았다. 안 된다는 걸 잘 알고 있었음에도 너무 과한 욕심을 부린 것인지도 몰랐다.

"느낌이 중요한 거니까."

차준후가 그렇게 스스로를 위안했다.

자신의 그림 솜씨가 엉망이라는 걸 알았기에 최대한 단순하기 그리면서 느낌으로 알리기 위해 노력했다. 그림에 21세기의 헤어스타일이 슬쩍 드러났기에 독창성과 예술성이 녹아들어 있었다.

"홍보실에서 다시 잘 그려 주겠지."

스카이 포레스트 미국 법인에는 홍보실이 만들어졌다.

차준후는 자신이 홍보에 대한 전반을 모두 진두지휘하

는 것은 바람직하지 않다고 여겼다.

자신이 미래의 지식을 활용하여 이 시대에 없는 참신한 아이디어를 제공할 수는 있지만, 1960년대라는 시대와 미국이라는 나라에 대해 정통한 것은 아니었기에 생각지도 못한 문제가 발생할 수도 있기 때문이었다.

그에 차준후는 미국 법인에서 진행하는 사업 분야의 전문 지식이 있는 이들을 채용하여 홍보실을 꾸렸다.

홍보실은 차준후가 제공한 아이디어를 기반으로 1960년대 미국에 어울리는 홍보를 제작해 줄 것이었다.

아직은 이제 막 걸음마를 떼기 시작한 단계였으나, 이 홍보실이 차츰 성장하면 기대 이상의 성과를 내 줄 것이라 기대하고 있었다.

스카이 포레스트의 홍보실 안에는 미용과라는 독특한 부서가 있었다.

미용과는 패션, 헤어, 메이크업 등을 담당하는 부서로, 광고 모델을 아름답게 보일 수 있도록 머리에서 발끝까지 꾸며 주는 전문가들이 미용과에 소속되어 있었다.

* * *

스카이 포레스트의 직원의 넓은 회의실에 홍보실 직원들이 모두 모여 있었다.

"드디어 차준후 대표님께서 홍보실에 해야 할 일을 맡기셨어요."

전체 회의를 소집한 홍보실장인 캐서린이 잔뜩 흥분해 있었다.

유명 기업의 홍보실에서 근무하다가 헤드헌터의 소개를 받고 이직한 캐서린이었다.

그녀는 미니스커트 광고로 미국을 들썩거리게 만든 차준후와 함께 일을 하고 싶어 했다. 드디어 꿈에 그리던 기회를 이번에 잡았다.

"공지했다시피 이번에 회사에서 다섯 편의 광고를 제작하기로 했어요. 광고 콘셉트를 대표님이 정해 주셨고, 우리 홍보실은 그걸 바탕으로 광고 제작에 힘을 보태면 됩니다."

광고의 콘셉트나 전략과 같은 핵심적인 부분은 차준후가 정해 주지만, 여기서 디테일하게 전략을 구상하는 것이 이들의 역할이었다.

"광고가 세상에 나가기 전까지 비밀을 유지해야 한다는 점들은 알고 계시죠? 비밀유지 각서를 써야지만 이번 프로젝트에 참가가 가능해요. 노파심에서 말하지만 비밀을 외부에 누설했다가는 회사의 변호사들과 감사실 직원들을 상대해야만 한다는 걸 명심하세요."

"잘 알고 있어요."

"걱정하지 마세요. 입에 지퍼를 채워 놓을 거니까."

모든 홍보실 직원들이 광고 콘셉트와 신제품들에 대한 비밀을 유지하겠다는 비밀유지 각서를 작성했다.

한쪽에서 장순애가 비밀유지 각서에 사인을 했다.

그녀는 미용사로 일하다가 제안을 받고 스카이 포레스트 미국 법인 홍보실 미용과에 입사하게 된 재미교포였다.

미용사로 일할 때보다 훨씬 많은 급여를 약속받았기에 곧바로 이직을 하긴 했는데, 사실 그녀는 왜 자신을 스카이 포레스트에서 채용하려 한 것인지 이해하지 못하고 있었다.

"지금부터 대표님이 작성하신 광고 기획안과 콘티를 보여 드릴 거예요. 그걸 바탕으로 어떻게 전략을 짜야 더 좋은 결과물을 만들어 낼 수 있는 각자 고민해 보세요. 아이디어가 채택된 분께는 대표님이 성과급을 주신다고 약속하셨어요."

캐서린이 밀봉된 봉투 안에 있던 서류들을 직원들에게 나누어 줬다.

"드디어 천재적인 대표님의 광고 기획안을 보게 되는구나. 얼마나 기대했는지 몰라."

"난 대표님과 함께 광고를 만들려고 취직했어."

광고라면 자다가도 벌떡 일어날 홍보실 직원들이었다.

그들은 광고에 대한 열정과 의욕이라면 누구에게도 뒤지지 않았다.

재빨리 내용을 확인한 홍보실 직원들은 하나같이 두 눈을 휘둥그레 떴다.

"크롭톱? 우와, 미니스커트에 이어서 이번에도 정말 혁신적인 패션이야."

"어떻게 이런 걸 떠올리시는 거지? 매일 패션에 대해 고민하는 나도 떠올리지 못한 패션이야."

하지만 콘티에서는 다른 의미로 놀라는 홍보실 직원들이었다.

"그런데 콘티가……."

"대표님 콘티를 보면 놀랄 거라던 말이 이런 의미였구나."

"너무 못 그리신다……. 유치원에 다니는 내 조카가 이것보다 잘 그릴지도 모르겠어."

차준후의 그림 실력에 대한 소문을 듣긴 했지만, 직접 본 콘티의 그림은 상상 그 이상이었다.

"슬릭컷 헤어스타일? 순애! 이게 정확히 어떤 헤어스타일인 거야?"

"슬릭컷은 머리를 일자로 길게 죽 늘어뜨린 생머리 스타일인데, 무겁지 않게 차분하고 가벼운 느낌을 주는 게 포인트예요."

"설명 고마워. 나랑 같이 팀을 짜지 않을래? 대표님께서 짜 주신 기획안의 내용에서 내가 잘 모르겠는 헤어스타일에 대해 설명을 해 주면 내가 그걸 콘티에 담아 볼게. 성과급을 받으면 반씩 나누는 거야."

"좋아요. 제가 제대로 설명할 수 있을지 모르겠는데 최선을 다해 볼게요."

그렇게 정순애는 패션 디자이너 출신의 홍보실 직원과 함께 팀을 꾸리게 되었다. 그녀는 왜 스카이 포레스트에서 자신을 채용한 것인지 이제야 이해할 수 있었다.

"그렇게 그려서는 안 돼요. 앞머리를 살짝 덮어서 귀여운 이미지를 주는 게 포인트예요."

1960년대 초, 이 시기엔 패션에 대한 관심도가 높아지며 동시에 여러 헤어스타일이 범람하는 때였다.

그중에서도 특히 귀여우면서도 세련된 이미지를 주는 숏컷은 유행하는 미니스커트를 입고 다니는 젊은 여성들에게 인기가 많은 헤어스타일이었다.

정순애는 10년을 넘게 미용실에서 갈고닦으며 쌓아 올린 지식들을 광고 콘티와 기획안에 녹여 내기 위해 노력했다.

"대표님의 기획안과 콘티만 봤을 때는 정말 막막했는데, 네가 조언을 해 주니까 확 와닿는다. 고마워."

홍보실 직원들은 제각기 열심히 콘티를 새롭게 그려 나

갔다.

그들에 의해 차준후가 짰던 기획안의 부족한 부분들이 채워져 나갔고, 콘티는 훨씬 세밀하고 정교하여 완성되어 갔다.

그리고 그렇게 완성된 기획안과 콘티를 기반으로 홍보실에서는 광고 제작을 위한 준비를 시작해 나갔다.

"안녕하세요. 스카이 포레스트의 홍보실입니다. 광고 모델을 제안하려고 연락드렸습니다. 원하는 모델은 사만다 윌치고요."

- 어떤 광고인가요?

"미니스커트의 다음 유행을 만들 패션 광고예요. 더 자세한 내용은 계약이 성사되기 전까지는 밝힐 수 없는 점 양해 부탁드려요."

- 스카이 포레스트의 패션 광고라면 당연히 받아들여야죠. 사만다 윌치도 좋다고 할 겁니다. 곧바로 이야기 전달해 두겠습니다.

에이전시 사장이 호들갑스럽게 응했다.

무언가 할 때마다 항상 이슈를 만드는 스카이 포레스트였다. 당연히 거절할 이유가 없었다.

"가능한 빨리 계약서를 작성한 후 곧바로 PPM 미팅도 이어서 진행하고 싶은데, 날짜는 언제쯤이 괜찮으신가요?"

- 사만다 월치와 논의해 본 후에 연락드리도록 하겠습니다.

PPM(Pre-Production Meeting)은 사전 제작 미팅이라고 해서, 광고 제작이 들어가기 전에 제작 진행에 대한 구체적인 브리핑을 하는 자리라고 생각하면 된다.

모델에게는 광고의 콘셉트를 비롯해 모델이 인지해야 할 사항들을 전반적으로 설명해 주는 과정이 필요했다.

광고는 모델의 이미지를 좌우지하기도 하는 탓에 사소한 부분에서 협의가 되지 않아 계약이 무산되는 경우도 종종 있었다.

그러나 스카이 포레스트와 사만다 월치의 에이전시는 너무나도 원만히 계약을 끝마쳤다.

사만다 월치가 스카이 포레스트, 정확히는 차준후를 맹신하기도 했으며, 스카이 포레스트 또한 사만다 월치에게 톱스타에 어울리는 조건을 제시한 덕분이었다.

"안녕하세요. 스카이 포레스트의 홍보실입니다. 광고 모델을 부탁하려고 연락드렸습니다. 원하는 모델은 그레이스 켈리입니다."

- 스카이 포레스트의 광고면 차준후 대표님이 직접 나서신 건가요?

"물론이죠. 대표님께서 심혈을 기울여서 광고의 전반적인 부분을 지휘하고 계세요."

차준후가 점찍은 광고 모델들을 섭외하기 위해 홍보실이 바쁘게 움직였다.

* * *

홍보실 직원들에 의해 완성된 광고를 살펴본 라운이 환한 웃음을 지었다.
"이번에는 정말 알아보기 좋네요. 눈에 확확 들어옵니다."
"제가 그린 게 아니라 이번에 신설한 홍보실에 부탁해서 가져온 콘티입니다. 이제 콘티로 고생하실 일은 없을 겁니다."
"아휴, 고생이라뇨. 그동안 대표님께서 그린 콘티들도 예술적으로 톡톡 튀는 독창성이 있어서 좋았습니다! 그동안은 혼자 처리하시느라 급하게 그리셨을 텐데 그 정도면 훌륭하죠!"
라운은 자기가 너무 좋아했나 싶어서 급히 말을 덧붙였다.
"급하게 그린 거 아니었습니다만…… 시간을 들여 몇 번이나 수정해서 완성한 콘티였는데……."
차준후는 항상 열과 성을 다해서 콘티를 그렸다. 그저 그림 실력이 엉망일 뿐이었다.

차준후가 마음이 상하지 않도록 말을 덧붙였던 라운이었으나 오히려 말실수를 하고 말았다.

"이야! 정말 좋은 콘티네요! 벌써 어떻게 연출해야 할지 머릿속에 그림이 그려집니다. 어디 수정할 부분이 보이지 않아요. 이번 광고 콘셉트도 아주 예술입니다!"

호들갑스럽게 다른 이야기를 꺼내 드는 라운이었다.

"콘셉트에 더할 부분이 있으면 보태도 됩니다."

"아니에요. 제가 손을 대면 오히려 엉망이 될 것 같아요."

라운은 광고 콘셉트에 손을 대지 않기로 했다.

다섯 개 광고 기획안 모두 하나같이 그동안 세상에 없던 신선함을 담고 있었다. 이런 기획은 잘못 손을 댔다가는 오히려 망칠 수도 있었다.

"믿어 주십시오. 이번에도 잘 찍을 자신이 있습니다."

라운은 댄싱 스타 촬영을 진행하며 밀크 광고를 찍을 때보다 감각과 연출 실력이 훨씬 향상된 상태였다.

"믿어요. 그러니까 다섯 편의 광고를 전부 라운 감독님께 맡긴 거고요."

"대표님께서 절 이렇게나마 믿어 주시니 기분이 너무 좋습니다. 최고의 광고로 보답하겠습니다."

차준후가 의뢰한 광고들은 전부 전 세계를 놀라게 할 혁신적인 걸 홍보하기 위한 광고들이었다.

보수를 떠나서 한 명의 감독으로서 꼭 찍고 싶은 광고였다. 세계에 미니스커트 대유행을 일으킨 밀크 광고 같은 걸 한 편만 찍어도 업계에서 위상이 달라지기 때문이다.

실제로 이러한 이유로 스카이 포레스트의 광고를 따고 싶어 안달이 나 있는 광고 업체가 한둘이 아니었다.

그런데 그런 광고가 무려 다섯 개였다.

라운은 한껏 들뜰 수밖에 없었다.

"크롭톱 광고에는 사만다 월치를 기용하기로 했는데, 크롭톱과 미니스커트를 함께 입은 채 광고를 찍는다면 댄싱 스타가 방영되기 전에 엄청난 홍보 효과를 얻어 낼 수 있을 겁니다."

"드라마를 신경 써 주셔서 정말 감사합니다. 그렇지 않아도 앨버트로스에 비해 인지도가 부족했는데, 광고가 나가면 상황이 역전되겠네요."

차준후와 라운은 다섯 개의 광고를 전부 밀크 광고 못지않은 역작으로 완성시켜 미국 전역을 시끄럽게 만들 작정이었다.

만약 그렇게만 된다면 스카이 포레스트와 댄싱 스타 모두 엄청난 성과를 이루어 낼 수 있을 것이었다.

* * *

덴마크 조선소 기업인 오덴세 조선소를 비롯한 관련 기

업들과 기술 협력 협상을 마친 정영주와 대현그룹 실무진들이 김포공항 로비에 나타났다.

직항 노선이 없는 탓에 비행기를 갈아타며 오랜 시간 비행을 해야만 했다. 덴마크로 향할 때처럼 전세기가 있었다면 좋았겠지만, 전세기는 차준후와 함께 떠났기에 어쩔 수 없었다.

대현그룹 실무진들 곁에는 오덴세 조선소의 기술자들도 함께하고 있었다. 그들은 한동안 한국에 머무르며 대현그룹의 조선소 설립을 도울 예정이었다.

"후우. 빨리 움직이자고."

정영주는 일분일초가 아까웠다.

그는 방금 김포공항에 도착했음에도 쉴 틈도 없이 다음 스케줄이 잡혀 있었다. 조선소 설립을 위해 정말 불도저처럼 움직이는 그였다.

"정영주 회장님, 인터뷰 부탁드립니다."

"덴마크까지 가신 일은 어떻게 됐습니까?"

"조선소를 진짜로 짓는 겁니까?"

"한 말씀 해 주고 가십시오."

공항 로비에 진을 치고 있던 이들이 정영주를 발견하곤 달려와 아우성을 쳤다.

덴마크로 향했던 정영주를 비롯한 대현그룹 실무진들이 한국으로 돌아온다는 사실을 접하곤 계속 공항에서 대기하고 있던 기자들이었다.

그들은 정확한 비행기 편은 모르는 탓에 아침 일찍부터 계속 정영주를 기다렸다.

"멈추세요."

"뒤로 물러나세요."

정영주의 곁에 서 있는 대현그룹 실무진들과 그들을 마중 나온 대현그룹 직원들이 기자들을 상대로 바리케이드를 쳤다.

"인터뷰는 나중으로 미루시죠. 회장님, 시간이 없습니다. 은행 총재가 기다리고 있습니다."

오늘 정영주는 조선소 설립에 필요한 대출을 논의하기 위해 은행 총재와 약속이 잡혀 있었다.

그 약속 시간이 얼마 남지 않았다. 기자들을 일일이 상대했다가는 약속 시간에 늦을 수도 있었다.

그러나 정영주는 직원의 재촉에 고개를 가로저었다.

"조금 늦어도 이해하겠지. 이제 은행들도 이 일에 투자하지 않을 수 없을 텐데 조금 늦어도 어쩌겠어? 그리고 차준후 대표의 이야기는 해 줘야 할 거 아니야. 바로 미국으로 간 차준후 대표를 대신해서 내가 그의 대단함을 말해 줘야지."

덴마크로 향했던 목적을 기대 이상으로 이루어 냈기에 정영주는 기분이 좋았다. 누구에게든 차준후의 자랑을 늘어놓고 싶은 심정이었다.

은행 총재가 기다린다고 해도 걱정되지 않았다.

그동안은 돈을 빌릴 때면 항상 은행에게 저자세로 나갈 수밖에 없었다.

그러나 이번만큼은 그럴 필요가 없어서. 이번에는 입장이 완전히 정반대였다.

대현조선소부터 시작하여 연계되는 LNG 사업은 이미 성공이 확실시되고 있었다.

은행의 입장에서는 돈을 빌려주더라도 안전할 뿐만 아니라, 사업의 규모가 규모이다 보니 막대한 돈을 빌려주며 그만큼 엄청난 이자를 받을 수 있을 테니 마다할 이유가 없는 상황이 되었다.

영국의 바클레이크 은행에서 이미 긍정적인 답을 준 지 오래였고, 덴마크의 은행에서도 이번에 좋은 조건을 약속받은 상태였다.

영국과 덴마크뿐만 아니라, 유럽의 각국에서 서로 돈을 빌려주겠다고 난리인 상황이었다.

더 이상 정영주는 한국의 은행들에게 저자세로 굽힐 이유가 없었다.

"자리를 만들어. 회장님께서 인터뷰를 하신다고 한다."

"인터뷰를 진행할 테니 기자님들은 뒤로 조금만 물러서 주십시오. 질서를 지켜 주시기 바랍니다"

"협조 부탁드립니다."

대현그룹 사람들이 일사불란하게 움직였다.

기자들도 협조를 하면서 순식간에 로비 한쪽에 인터뷰장이 만들어졌다.

"회장님, 조선소 산업은 어떻게 되신 겁니까?"

"차관을 받는다는 소문도 있던데 사실입니까?"

"제 질문을 처음으로 받아 주세요. 아침 일찍부터 공항에 와서 대기하고 있었어요."

기자들이 먼저 질문하려고 난리였다.

첫 질문을 위한 치열한 쟁탈전. 가장 먼저 특종을 움켜잡을 절호의 기회였기 때문에 기자들은 몸이 달아올랐다.

'차준후가 이렇게 한다고 했던가?'

정영주가 말없이 기자들을 쭉 훑어봤다.

"왜 저러시지?"

"평소와 인터뷰하는 방식이 다른데?"

"생각하실 거라도 있나 보지. 기다려 봐."

대부분의 기자들이 말없이 자신들을 훑어보는 정영주에게 이질감을 느꼈다.

그러나 이런 인터뷰 방식을 몇 번 경험해 본 기자들이 있었다. 차준후의 인터뷰 방식이었다.

눈치 빠른 기자들이 황급히 손을 번쩍 들어 올렸다.

"거기 천하일보 안성민 기자. 질문 받겠소."

정영주가 가장 빨리 손을 든 안면이 있는 기자에게 질문할 수 있는 기회를 줬다.

"감사합니다, 회장님."

안성민 기자가 의기양양한 표정을 지었다.

"우선 한 명의 국민으로서 조선소의 성공적인 설립을 기원한다는 말부터 드립니다."

황폐해진 대한민국 경제에 조선소는 커다란 활력을 불어넣어 줄 중공업 산업이었다.

기자는 조선소가 제대로 굴러가기 시작하면서 발생시킬 커다란 산업적 효과를 상상만 해도 즐거웠다. 경제가 활성화되어야 대한민국이 최빈국에서 벗어나고, 국민들도 잘살 것 아닌가.

조선소 산업은 최빈국 탈출의 신호탄이 될 수 있었다.

"조선소 설립을 위하여 덴마크의 오덴세 조선소와 기술 협력을 맺으셨다고 알고 있습니다. 관련하여 협의를 하기 위해 덴마크까지 직접 다녀오셨고요. 덴마크행에서 성과는 있으셨습니까? 진짜로 대한민국에 조선소가 만들어질 수 있는 겁니까?"

질문이 이어질수록 안성민 기자의 말이 빨라졌다. 저도 모르게 흥분을 한 탓이었다.

"조선소는 만들어질 거요. 내가 기필코 만들 거니까. 조선소는 이제 나의 꿈이 되었소."

"와아! 정말로 만들어지는구나."
"우리나라에도 조선소가 생겨난다."
"대현그룹이 정말 대단한 일을 해냈어."

정영주의 확언에 기자들은 모두 만면에 미소를 지은 채 환호했다.

"덴마크에서 일궈 낸 성과는 너무 많아서 일일이 이야기하기 힘들 정도요. 세계 굴지의 조선소인 오덴세는 대현그룹 조선소 설립에 있어 전폭적인 지원을 약속했소. 오덴세 조선소와 힘을 합해서 최대한 빠른 시일 내에 조선소를 만들겠소이다."

차준후의 등장과 함께 대한민국의 조선소 산업에 대한 운명이 틀어졌다.

원래라면 포항철강이 만들어지고, 남아도는 철강을 이용하기 위해서 만들어지는 대현그룹 조선소였다. 그러나 이제는 포항철강 전에 조선소부터 만들어지는 일이 벌어지고 말았다.

대현그룹 조선소가 만들어지면 제철소로 이어지는 게 자연스러운 수순이었다.

"됐다."
"내가 된다고 했잖아."
"이거 곧바로 호외로 내보내."
"다른 신문사에게 처음을 빼앗기지 마."

일부 기자들이 공항 밖으로 내달리기 시작했고, 어떤 기자는 공항에 비치된 전화기를 향해 달려갔다.

당연히 가장 중요한 건 기사의 내용이지만, 그에 못지않게 첫 보도도 중요했다.

그렇기에 일간지들은 다른 곳보다 조금이라도 더 빨리 기사를 내기 위해 기사의 내용을 간추려 속보를 낸 후, 추후 추가 기사를 내곤 했다.

그 뒤로 기자들은 손을 번쩍번쩍 들기 시작했고, 정영주가 지목을 하면 질문을 하는 형태로 인터뷰가 계속 이어졌다.

"마지막 질문 받겠소. 붉은색 상의를 입고 손을 드신 여기자 양반. 질문하시오."

"감사해요, 회장님. 사해일보의 김보배 기자입니다. 차준후 대표님과 왜 함께 귀국하지 않으신 건가요? 국민들은 회장님과 대현그룹에 대해서도 궁금해하지만 차준후 대표에 대해서 더 알고 싶어 합니다."

현재 대한민국의 최고 인기인은 단연코 차준후였다. 대한민국 국민들은 해외로 나간 차준후의 행보에 대해 무척이나 궁금해했다.

그러나 정영주가 다소 무례한 질문으로 받아들이기에 충분했다.

대한민국 사업가들 가운데 한 손가락에 꼽히는 정영주

광고 폭격 〈111〉

의 인터뷰인데 차준후에 대한 질문이라고?

화를 낸다고 해도 이해가 가는 대목이었다.

평소 마음에 들지 않으면 불처럼 화를 내곤 하는 정영주였다. 그 분노의 방향은 기자라고 해서 예외가 아니었다.

하지만 정영주는 불쾌해하지 않고 오히려 미소를 지었다.

긴밀하게 엮여 있으니까 기자도 질문을 하는 것이었다. 차준후와 가까이 지낼수록 자신과 대현그룹의 이익으로 이어졌다.

"좋은 질문이오. 차준후 대표는 벌여 놓은 사업들 때문에 미국으로 갔소이다. 아마도 지금쯤이면 새로운 사업들을 진행하면서 미국을 들었다 났다 하고 있을 거요."

차준후가 덴마크를 떠나 미국으로 향하기 전날 밤, 차준후와 정영주는 짧게 대화를 나누었다.

그때 정영주는 차준후가 미국에서 어떤 사업을 진행하려고 하는지 대략적으로 들을 수 있었다.

정말 놀라운 내용의 사업이었다. 세계를 주도하는 미국이라 할지라도 놀라지 않을 수 없을 터였다.

그런 그의 예상은 적중했다.

정영주가 인터뷰를 하고 있는 지금 이 순간, 미국에 크롭톱 광고가 텔레비전에서 흘러나오고 있었으니까.

저녁을 먹고 네 명의 백인 가족이 텔레비전을 시청하고 있었다. 이제 곧 있을 드라마 방송을 보기 위해 일가족이 모두 모여 있는 상태였다.

고등학생인 두 명의 딸을 두고 있는 중류층으로, 화목한 가정집이었다. 그렇지만 요즘 들어 아빠에게는 고민이 생겨나고 말았다.

"딸들아! 그 치마는 너무 짧은 건 아니니?"

"그래도 미니스커트는 안 입잖아. 내 친구들은 전부 미니스커트 하나씩은 있다고!"

"맞아. 요즘 다들 이것보다 짧은 것도 입고 다니는데 아빠 때문에 우리는 참고 있는 거잖아."

두 딸이 아빠에게 마구 소리쳤다. 그녀들은 보수적인 아빠 때문에 짧은 미니스커트를 입지 못하는 것이 불만이었다.

"허어……."

지금 치마도 충분히 짧은데, 더 짧은 미니스커트가 있다고?

말세였다.

이 모든 게 미니스커트를 광고한 스카이 포레스트라는 기업이 문제였다. 스카이 포레스트를 저주하는 편지를 보내야만 할 것 같았다.

"아빠, 우리도 미니스커트 사면 안 돼?"

시리즈

"정말 입고 싶어. 미니스커트를 입고 파티에 가면 아주 끝내준다고."

딸들이 아빠를 양옆에서 에워싸고 공략했다.

"저번에 용돈 올려 주는 걸로 미니스커트는 안 입기로 약속했잖니. 미니스커트는 절대로 안 된다. 미니스커트만 아니라면 뭐든지 허락하마."

"칫! 난 미니스커트를 입고 싶다고. 이제는 용돈을 안 올려 줘도 돼."

"나도."

"내 눈에 흙이 들어가도 안 돼. 절대 반대다."

딸들과 아빠의 전쟁을 부인이 흐뭇하게 바라보고 있었다.

그녀는 짧은 치마를 입으며 매력을 뽐내고 싶은 딸들과 그걸 결사 만류하고 싶은 아빠의 마음을 모두 이해했다.

그때였다.

최근 미국 전역에서 주목을 받는 사만다 월치가 귀에 쏙쏙 박히는 기타 연주와 함께 텔레비전 화면에 등장했다.

그러나 충격적인 화면 속 장면 탓에 감미로운 기타 연주는 아빠의 귀에 들려오지도 않았다.

옷을 다 입은 게 맞는 건지 의문이 들 정도로 짧은 상의를 입은 사만다 월치가 배꼽을 훤히 드러내고 있었다.

그뿐만이 아니었다. 하의는 미니스커트를 입은 탓에 위아래로 몸을 가리고 있는 부분보다 맨살을 드러낸 곳이 훨씬 많았다.

정말 어디에 눈을 둬야 할지 모르겠는 복장이었다.

그러나 정처 없이 흔들리기만 할 뿐, 아빠의 시선이 텔레비전 화면 밖으로 벗어나는 일은 없었다.

"저, 저런 망측한……."

"아빠, 미니스커트만 아니면 뭐든 허락한다고 했지? 저 옷 살래!"

"엄마, 내일 아침에 바로 저 옷 사러 가자. 크롭톱? 와, 너무 예쁘다."

"안 돼! 절대로 안 돼! 저건 옷이 아니라 그냥 천 조각이잖아!"

"아빠가 미니스커트만 아니면 된다고 약속했잖아. 한입으로 두말하면 안 되지."

"맞아."

"젠장! 저따위 저질스러운 옷을 만든 회사가 대체 어디야? 스카이 포레스트? 이번에도 이 망할 놈의 회사야? 여긴 왜 이딴 옷만 출시하는 거야!"

만류하는 아빠와 입고자 하는 딸들의 시끌벅적한 전쟁이 계속 이어졌다. 미니스커트에 이은 크롭톱 2차 전쟁이 무척 치열했다.

이런 사태가 딸을 둔 가정집들에서 심심찮게 벌어지고 있있다.

* * *

스카이 포레스트 미국 법인에서는 거액의 광고비를 들여서 대대적으로 홍보를 때렸다. 동시에 일간지 신문과 같은 언론 매체에도 사만다 월치의 크롭톱 사진이 실렸다.

동시에 SF 패션에서 만든 배꼽티를 비롯한 미드리프톱들이 상점과 유통사들에 풀렸다.

SF 패션의 크롭톱 광고를 본 미국인들은 뜨거운 반응

을 토해 냈다.

- 이런 옷은 절대 팔리지 않아요.
- 차준후가 이번에는 엄청난 실수를 저질렀군요. 제대로 된 옷을 만들어서 가지고 오세요.
- 미니스커트로 재미를 보더니, 차준후 대표가 미쳤군요. 무슨 생각으로 이런 옷을 만들었는지 도무지 이해를 못하겠어요.

거친 혹평들이 마구 쏟아졌다.
너무나도 파격적인 미드리프 톱의 디자인에 일부 상점과 유통사들은 제품을 일절 주문하지 않기도 했다.

* * *

크롭톱 광고 논란은 단숨에 미국인들이 스카이 포레스트를 주목하게 만들었다.
분노한 미국인들은 스카이 포레스트 미국 법인 건물까지 몰려와 시위를 펼쳤다. 시위에 참여한 사람이 많아 LA 경찰들까지 출동한 상태였다.
"쓰레기 같은 스카이 포레스트는 당장 미국에서 사라져라!"

"당장 광고를 내려라!"

"차준후는 반성하라!"

시위대는 분노를 감추지 못했다.

그들의 분노는 7층의 위치한 대표실에까지 고스란히 전달됐다.

시위대의 핵심 요구는 크롭톱 광고를 내리고, 시장에서 크롭톱을 회수하라는 것이었다. 시위대는 자신들의 요구가 이뤄질 때까지 시위를 이어 나가겠다는 엄포를 놓았다.

"이러다 구설수에만 오르고 끝나는 거 아닌지 모르겠네요. 반발이 상상 이상으로 큽니다."

토니 그로스가 창문 밖에서 들려오는 외침에 인상을 찌푸렸다. 아침에 출근할 때 건물을 둘러싸고 있는 시위대 사람들 때문에 많은 고생을 했다.

"시위가 격렬하다는 건 그만큼 이번 노이즈 마케팅의 시작이 성공적이라는 걸 의미합니다. 이제 저 여론을 뒤집기만 하면 되는 거죠."

차준후는 태연한 표정으로 아이스 아메리카노를 마시며 여유로운 모습을 보였다.

버티기만 하면 된다.

애초에 이와 같은 논란을 유도한 광고였고, 이것만 넘어선다면 광고의 효과를 극대화할 수 있었다.

일단 유명해지고 볼 일이었다.

제아무리 돈을 많이 들여 만든 광고도 사람들의 시선을 끌지 못하고 묻히는 경우도 많았다. 대중들의 시선을 끌고, 인지도를 얻는 건 결코 쉬운 일이 아니었다.

그러나 크롭톱은 설령 부정적인 시선도 많다 한들, 대중들에게 단숨에 인지도를 얻게 되었다.

여기서 부정적인 시선만 걷어 낸다면 마케팅은 그야말로 대성공이었다.

차준후는 시간이 걸릴 뿐, 크롭톱이 미니스커트처럼 대유행을 불러일으킬 것이라 믿어 의심치 않았다.

"걱정도 안 되십니까?"

"전부 예상했던 일이잖습니까."

"저들이 대표님에게 달걀을 던질 수도 있는데요?"

"그건 좀……."

미니스커트를 입었다고 김포공항에서 계란을 맞은 여자 연예인이 떠오른 차준후였다. 그런데 이번에는 미국에서 차준후가 계란 세례를 받을 수도 있었다.

"밖으로 나가실 때 조심하시기 바랍니다."

"음…… 저들을 상대해 줄 사람을 찾아야겠네요."

"시위대를 해산시키시려고요?"

"폭력 시위라면 모를까, 합법적인 시위를 억지로 해산시키려 한다면 더욱 논란이 될 겁니다. 더 큰 비난이 스카이 포레스트를 향해 쏟아지겠죠."

그런 상황까지 이른다면 버티고 버티다가 결국 쓰러지는 결과를 맞이할지도 몰랐다. 그건 좋은 방법이 아니었다.

차준후가 입가에 씨익 미소를 지으며 말을 이었다.

"그러니 우리를 대신해서 저들을 상대할 이들을 찾는 겁니다."

"예? 아니, 누가 우리를 대신해서 시위대랑 싸운다는 겁니까?"

토니 크로스는 차준후의 말을 도무지 이해할 수 없었다.

"모든 이가 크롭톱에 거부감을 느끼는 게 아니잖습니까. 그동안 생각이 다르다는 이유만으로 억눌려 왔던 패션 업계와 일부 여성 단체들 사이에서는 아주 호의적인 반응을 보이고 있습니다. 그런 곳들을 찾아가 필요한 것이 있다면 돕고, 현재 우리 상황을 살짝 흘리세요."

차준후는 크롭톱을 반대하는 이들을 상대하기 위해, 크롭톱을 찬성하는 사람들을 경쟁자로서 불러올 생각이었다.

이미 세상은 세대 변화를 맞이하고 있었다.

인종차별과 성차별을 반대하는 사회운동이 활발히 이어지기 시작했고, 많은 여성이 더 이상 사회적 시선에 억압되어 몸을 꽁꽁 감싸는 것에 반감을 품어 나갔다.

그들에게 살짝 동기만 부여해 준다면, 스카이 포레스트가 직접 나서지 않아도 시위를 해결할 수 있을 터였다.

"대립을 부추긴다는 말이군요. 정말 사악한…… 아니, 기발한 방법이군요."

"서로에게 나쁜 이야기는 아닐 겁니다. 그들도 이번 기회를 통해 사회적 자유에 한 걸음 더 다가설 수 있게 될 테니까요."

물론 이런 자그마한 일로 미국 전체의 사회적 인식을 단숨에 뒤바꾸지는 못할 것이었다.

하지만 변화하는 시기를 앞당겨 주는 계기는 되어 줄 수 있으리라 생각했다.

21세기의 자유 속에서 살아왔던 차준후는 평소에도 이 시대의 보수적인 고정관념이 답답하게만 느껴졌다.

차준후의 기준은 1960년대가 아닌 21세기에 존재했다. 그래서 사업을 통해 구태의연함을 타파하며 변화를 조금이라도 앞당기고 싶은 마음도 있었다.

그 모습이 이 시대의 사람들에게는 다소 무모해 보이고 이상한 취급을 당하기도 했지만, 또 누군가에게는 세상을 바꾸는 혁명가처럼 받아들여지기도 했다.

'대표님에게 밉보이면 큰일 나겠구나.'

토니 크로스는 평생토록 차준후에게 잘 보여야겠다고 결심했다.

"이 문제는 상무님께 부탁드리겠습니다. 너무 격렬한 싸움이 일어나지 않도록 적당한 선에서 부추기셔야 합니다. 결코 누군가 다치는 상황은 없어야 해요."

차준후가 웃으며 이야기했다.

"알겠습니다. 잘 처리하겠습니다."

결코 실수가 용납되지 않는 일이었다.

그에 어느 때보다 진지한 모습으로 고개를 끄덕이는 토니 크로스였다.

스카이 포레스트의 명성이 나날이 높아지며 사실상 미국 법인을 총괄하고 있는 토니 크로스에게 잘 보이고자 그를 찾는 이들도 많아졌다.

그리고 그중에는 패션 업계 관세사와 여성 인권운동가도 있었다.

물론 그들과 우호적인 관계가 형성되어 있다지만, 그들이 자발적으로 전면에 나서서 스카이 포레스트의 입장을 대변하게 만드는 건 쉬운 일이 아니었다.

하지만 크롭톱은 그만큼 매력적인 옷이었고, 미니스커트 때처럼 크롭톱에 매료된 이들은 이것을 쉽사리 포기하지 못할 것이었다.

"돈으로 해결할 수 있는 일이라면 아끼지 말고 사용하세요. 결국 모두 스카이 포레스트의 이익으로 이어질 테니 아끼실 필요 없습니다."

부족한 부분이 있다면 돈으로 해결하면 됐다. 스카이 포레스트는 그럴 수 있는 충분한 현금을 보유하고 있었다.

* * *

거센 반발과 함께 스카이 포레스트 미국 법인으로 편지가 무려 10만 통 넘게 쏟아졌다. 90%는 크롭톱 광고에 대한 항의 편지였지만, 10% 정도는 크롭톱에 대한 응원 편지였다.

차준후의 팬들로부터 온 편지도 있었다.

미국에는 언제부터인가 차준후의 팬들이 생겨났고, 자연스럽게 팬클럽도 결성됐다. 연예인이나 스포츠 스타도 아닌데 차준후를 좋아하는 팬들이 계속 늘어났다.

화장품, 패션 등 여성 소비자들을 겨냥한 사업을 많이 펼치는 차준후였기에 특히 여성 팬들의 비중이 높았다.

이런 와중에 광고 시리즈 제2탄인 무스 광고가 방송됐다.

「새롭게 시작하는 봄, 무스로 헤어스타일을 새롭게 손보세요.」
「진정한 머리카락 관리 제품!」

「스타일과 머릿결에 맞게 머리를 관리할 수 있습니다.」
「무스만 한 제품이 없습니다.」

광고 속에서 그레이스 켈리가 새하얀 어깨 라인을 드러내며 아름다운 자태를 뽐냈다.

순백의 웨딩드레스를 입고 큐빅 머리띠와 큐빅 목걸이 등 장신구를 착용한 그녀는 화려함의 극치를 선보였다.

화면이 바뀔 때마다 그녀의 금발이 다양한 스타일로 변화하며 시청자들의 눈길을 사로잡았다.

- 너무 예뻐요.
- 진짜 사랑스러운 헤어스타일이네요.
- 평소보다 머리카락이 너무 풍성해 보여요.
- 언니, 다이아몬드가 너무 어울려요.

무스 광고에 등장한 그레이스 켈리는 그야말로 천사처럼 아름다웠다. 그레이스 켈리가 물오른 미모를 자랑했다.

무스 광고는 그레이스 켈리를 모델로 한 광고뿐만 아니라 남성 모델을 기용한 광고까지 두 가지 버전으로 제작되었는데, 두 가지 모두 아주 뜨거운 반응을 이끌어 냈다.

- 이래서 사람들이 스카이 포레스트, 스카이 포레스트 하는 거구나.
- 오늘부터 내 머리카락은 무스와 한 몸이 되었다.
- 무스에 머리카락을 맡겨.

그동안 왁스나 포마드를 주로 사용해 왔던 남성들이 스카이 포레스트의 광고로 인해 무스의 매력에 빠져들었다.

스카이 포레스트에서 출시한 무스는 순식간에 불티나듯 팔려 나갔다.

단순히 제품이 잘 팔린 것으로 끝이 아니었다.

그동안 스카이 포레스트는 남성들에겐 인지도가 높은 회사가 아니었는데, 무스 제품을 통해 엄청난 수의 남성 지지자들을 얻게 되었다.

그리고 연이어진 광고 시리즈 제3탄은 바로 큐빅이었다.

- 합성 큐빅? 그레이스 언니가 착용하고 있던 게 다이아몬드가 아니었다고?
- 어머! 다이아몬드랑 똑같이 생겼던데 그렇게 싸다고?
- 어디서 구매할 수 있나요! 당장 구매하고 싶어요!

스카이 포레스트 제2공장에서 제작된 큐빅 장신구들은

미국에 수출을 시작했다.

큐빅 장신구의 가격은 다이아몬드 장신구에 비하면 헐값이나 마찬가지였기에 소비자들은 훨씬 부담 없이 제품을 구매할 수 있었다.

덕분에 큐빅 장신구는 판매를 시작하자마자 완판을 이어 나갔다.

그러나 차준후는 다소 아쉬움을 드러냈다.

"기대했던 퀄리티에는 미치지 못하는군요."

이번 큐빅 사업을 위해 차준후는 유명 디자이너들과 세공 장인들을 여럿 고용했다.

뛰어난 인재들 덕분에 처음 제작에 들어간 큐빅 장신구였으니, 이느 업체의 제품들과 비교하더라도 결코 손색이 없었다.

그러나 다른 시대를 경험했던 차준후의 눈에는 이번에 생산된 제품들이 다소 아쉽게 비쳤다. 그의 시선에는 디자인이 다소 투박하고 올드하게 느껴졌다.

"대표님의 눈에 그렇게 보일 뿐이지, 물건이 없어서 못 팔 정도로 소비자들에겐 반응이 좋습니다."

"지금 당장 잘 팔리고 있다고 해서 만족해선 안 됩니다. 현재에 만족하고 정체되어 있다간 결국 시장에서 도태될 수밖에 없습니다."

차준후는 패션이라는 분야가 얼마나 쉽게 유행이 변화

하는지 잘 알고 있었다.

그리고 스카이 포레스트는 변화하는 유행에 따라가기보다 유행을 선도하는 기업이 되길 바랐다.

"알고 있습니다. 그래서 안 그래도 미국의 유명 디자이너들과 세공 전문가들을 추가로 채용했습니다."

토니 크로스가 웃으며 말을 이었다.

"그리고 수석 디자이너에게도 몇 가지 디자인을 새롭게 뽑아 달라고 요청해 두겠습니다."

스카이 포레스트에는 어떤 디자인이든 믿고 맡길 수 있는 천재 전영식이 있었다. 그가 작정하고 달려들면 시대를 앞서 나가는 세련된 디자인을 뽑아낼 줄 터였다.

'빨리 영식이한테 덴마크에서 얻은 명작들을 보여 줘야 하는데.'

차준후는 세기의 명작을 본 전영식이 어떤 반응을 보일지가 정말 기대됐다.

"대표님, 그보다…… 오늘 란제리 광고가 나가면 아주 시끄러워지겠죠?"

토니 크로스는 문득 내일 아침 출근이 두려워졌다.

스카이 포레스트에서 준비한 광고 시리즈 중 가장 뜨겁게 타오를 광고 제4탄인 란제리 광고가 오늘 드디어 방송되기 때문이었다.

스카이 포레스트는 제1탄 광고인 크롭톱으로 수많은

비난을 받았지만, 이어진 무스와 큐빅 광고를 통해 이미지를 쇄신하며 찬사를 받았다.

이번 광고 시리즈는 이른바 퐁당퐁당이었다.

제1탄 광고인 크롭톱으로 수많은 비난을 받긴 했지만 미국 전역의 이목을 끌어모았고, 이어진 무스와 큐빅 광고를 통해 이미지를 쇄신하며 찬사를 받았다.

그리고 오늘, 제4탄 란제리 광고로 다시 한번 미국을 뜨겁게 달궈 버릴 예정이었다.

"지금까지는 전부 의도한 대로 흘러가고 있잖습니까. 너무 걱정 마세요."

제3탄 광고까지는 모두 차준후의 계획대로였다.

크롭톱 광고는 란제리 광고를 시작하기 전에 대중들의 허용선을 낮춰 놓기 위함이었고, 무스와 큐빅 광고는 대중들이 조금 더 온화한 시선으로 란제리 광고를 바라볼 수 있게 만들기 위함이었다.

한마디로 앞선 광고들은 란제리 광고가 대중들에게 조금 더 받아들여지기 쉽도록 세팅한 빌드업 과정이라고 볼 수 있었다.

"그리고 광고 수위도 낮으니 괜찮을 겁니다."

"낮다고요?"

"모델이 직접 란제리를 입고 나오는 것도 아니잖습니까."

차준후가 최초에 기획한 광고는 모델이 란제리를 직접 입고 나오는 것이었다.

그러나 방송사에서 그런 야한 광고는 내보낼 수 없다고 거부한 탓에 어쩔 수 없이 모델이 란제리를 들고 있는 것으로 기획을 수정할 수밖에 없었다.

"저는 방송사들이 거부해 줘서 참 다행이라 생각하고 있습니다."

모델이 란제리를 입고 광고에 나오는 걸 허가해 줬을지도 의문이지만, 그런 광고가 미국 전역에 방송됐다면 과연 스카이 포레스트가 어떤 꼴을 겪게 됐을지 상상조차 하기 싫었다.

"속옷을 부끄러운 것이고, 가려야 하는 것이라고만 생각하니까 그렇게 생각하시는 겁니다. SF 란제리의 제품들은 단순한 속옷이 아니라, 하나의 패션이라는 점을 명심하셔야 합니다. 저희부터 그렇게 생각해야, 소비자들도 그렇게 느끼고 받아들일 겁니다."

"무슨 말씀이신지 알겠습니다. 그런데 왜 입점해 달라는 백화점들의 제안은 보류하고 계신 겁니까?"

SF 란제리는 이미 몇몇 백화점들에게 입점을 제안을 받은 상황이었다.

대부분은 미드리프 톱 때와 마찬가지로 지나치게 파격적이라며 고개를 가로저었지만, 스카이 포레스트의 제품이라는 이유 하나만으로 신뢰를 보내 주는 곳들이 있었던 것이다.

하지만 차준후는 어째서인지 어떤 곳에도 SF 란제리의 입점을 보류한 상태였다.

"명품화 전략이지요."

"명품화요?"

"명품은 아무 백화점이나 들어가지 않습니다. 스카이 포레스트에 어울리는 백화점에만 들어가야 합니다."

차준후는 SF 란제리의 제품은 특별하다는 인식이 소비자들에게 자리 잡히길 바랐다.

란제리가 단순히 성적인 것이 아닌, 특별하고 고급스러운 것이라는 이미지를 심어 주기 위함이었다.

그렇게 소비자들의 인식이 차츰 바뀌기 시작한다면, 란제리는 엄연한 하나의 패션으로 자리 잡을 수 있을 터였다.

* * *

트럭을 몰고 고속도로를 타고 이동하던 지미가 껌을 질겅질겅 씹고 있었다.

"신나는 노래라도 나오면 좋겠네."

저녁을 먹고 운전하고 있는 탓에 살짝 졸린 느낌이었다.

그가 창문을 활짝 열어서 내부 공기를 환기시키면서 졸

음을 내쫓으려던 그때였다.

"헉! 저건 뭐야?"

지미가 눈에 가득 들어오는 고속도로 입간판 광고를 보곤 깜짝 놀랐다.

입간판에는 란제리를 입은 여성 모델의 실루엣이 몸매를 자랑하고 있었다. 그런데 아름다운 여성 모델의 몸매보다 화려하고 아름다운 란제리가 더 그의 시선을 사로잡았다.

"저런 속옷도 있구나. SF 란제리라고?"

사랑하는 애인에게 선물해 주고 싶은 속옷이었다.

지미가 입간판에 시선을 빼앗긴 탓에 트럭이 차선을 살짝 넘어가고 말았다.

빠아아앙!

뒤따르던 차량의 운전자가 놀라서 경적을 터트렸다.

"야! 운전 똑바로 해! 죽고 싶어 환장했어? 죽으려면 혼자 죽어!"

트럭을 지나치면서 심한 욕설을 내뱉었다.

하마터면 사고가 날 뻔했기에 충분히 이해할 수 있는 부분이었다.

"죄송합니다."

지미가 황급히 입간판에서 시선을 떼고 운전에 집중했다. 그렇지만 입간판을 지나칠 때까지 자꾸만 시선이 란제리 속옷에 가려고 했다.

"휴우! 하마터면 사고가 날 뻔했네."

식겁한 지미는 잠이 확 달아나 버렸다.

달아난 잠과 달리 그의 뇌리에는 란제리에 대한 이미지가 깊숙하게 각인됐다.

고속도로 입간판은 방송과 달리 약간의 노출이 있는 광고를 허용하고 있었다. 그렇기에 차준후가 볼 때 광고 매체로써 매우 매력적인 입간판이었다.

외설적으로 보이지 않고 예술적으로 비치는 사진으로 란제리의 매력을 최대한 돋보이게 만들었다.

이를 위해 스카이 포레스트는 유명한 사진사를 거액을 들여서 고용했다. 프로 사진사는 돈값을 해냈다.

스카이 포레스트는 최고의 광고 효과를 낼 수 있는 포스터를 만들어 냈다.

란제리 입간판 광고가 나온 날, 미국 고속도로에서 접촉 사고가 늘어나는 기현상이 벌어졌다.

* * *

"사라! 마실! 크롭톱을 입으면 절대 안 돼. 악마적인 그 옷을 입지 않으면 용돈을 두 배로 올려 주마."

드레드가 두 딸이 크롭톱 입는 걸 강력하게 저지하려고

노력했다. 어제 부인과 함께 쇼핑을 나선 두 딸은 결국 크롭톱을 구매해서 돌아왔다.

드레드는 그 모습을 보면서 피눈물을 흘리고 말았다.

"용돈은 지금도 충분해요."

"용돈보다 크롭톱이 좋아요, 아빠. 며칠 뒤에 있는 파티에 크롭톱을 입고 갈 거야."

고등학생인 두 딸에게 드레드의 용돈 인상은 씨알도 먹히지 않았다.

며칠 전부터 미니스커트와 크롭톱 문제 때문에 치열한 전쟁을 벌이고 있는 집안이었다.

"딸들아! 파티는 건전하게 즐겨야지. 천 쪼가리를 입고 가면 못 써."

"아빠는 너무 보수적이야. 그리고 천 쪼가리가 아니고 크롭톱이라는 정확한 명칭이 있어."

"에이, 젠장! 빌어먹을 스카이 포레스트!"

드레드가 스카이 포레스트를 욕했다.

"아빠도 무스 구매했잖아. 그렇게 욕하면 안 되지."

"충분히 욕할 수 있어. 소비자는 왕이니까."

무스를 잘 사용하고 있지만 드레드는 여전히 스카이 포레스트가 미웠다.

그때였다.

「사랑의 란제리!」

일렉기타 연주와 함께 여성 모델이 손에 화려한 란제리를 손에 들고 나타났다.

광고를 목격한 드레드의 눈이 부릅떠졌다.

"컥!"

너무 놀란 나머지 입에서 숨 막히는 소리가 튀어나왔다.

"여보! 저 속옷 사야겠어요!"

주방에서 설거지를 하고 있던 부인 엠마가 란제리 광고를 보면서 눈에 불을 켜고 있었다.

"당신……."

대체 왜 저런 속옷을 사려고 하는 거요?

지금만 해도 충분히 아름다운데…….

그렇게 말리려던 브레드는 순간 자신의 아내가 란제리를 입은 모습을 상상하곤 얼굴을 붉혔다.

자신에게만 보일 더 아름다운 부인의 모습!

'음…… 미니스커트나 크롭톱처럼 누구한테 보여지는 것도 아니니…….'

그는 사랑하는 부인이 란제리를 사겠다고 하니 어쩔 수 없이 승낙하려고 했다.

그런데 뒤이어서 딸들까지 나섰다.

"엄마! 나도 살래."

"저도 사 주세요."

두 딸이 대번에 엄마에게 동참했다. 옷에 관심이 많은 건 엄마 영향을 많이 받았기 때문이었다.

"이 광고 어디서 만든 거야? 이럴 줄 알았다. 역시 빌어먹을 스카이 포레스트잖아!"

드레드가 크게 분노했다.

부인에게는 입혀도 딸들에게는 사 주고 싶지 않은 그였다.

란제리 속옷 광고를 시청한 가정집들이 다시금 시끄러워졌다.

"어제 그 미친 광고 봤어?"

"스카이 포레스트 란제리 말하는 거지. 어제 가족들이랑 저녁 먹으면서 그 광고 보고 입에 있던 음식을 뿜어 버리고 말았다."

"그런 속옷은 생각도 하지 못했네."

"그래도 보는 맛이 있더라."

미국 전역에서 스카이 포레스트의 란제리 광고에 대한 이야기가 오르내렸다.

TV 광고뿐만 아니라 입간판과 일간지에서도 광고를 쏟아 내며 이제 미국에서 란제리를 모르는 사람은 없을 정도였다.

그만큼 충격적인 광고였다.

많은 이들이 란제리의 매력에 빠져들었지만, 1960년대의 가치관에서 벗어나지 못한 보수적인 이들은 크롭톱 광고 때와 마찬가지로 분노를 표했다.

"이 미친 회사!"

"이런 선정적인 속옷을 판다고? 심지어 이런 속옷을 애들도 다 볼 수 있게 광고한다는 건 말도 안 되는 짓이야!"

란제리 광고는 크롭톱 광고 때는 참고 있던 이들마저 들고 일어서게 만들었다.

스카이 포레스트 미국 법인 건물 앞에서 시위를 하는 사람은 불과 며칠 전까지만 해도 수백 명 단위였는데, 란

제5장.
박정하 장군

박정하 장군

제리 광고 이후에는 4천 명에 육박하는 인원이 모여들었다.

잔뜩 흥분한 시위대가 스카이 포레스트와 차준후를 규탄하고 있었다.

시위로 인해 LA의 주요 치안 기관들이 비상 대처에 나섰다.

혹시라도 폭력 사태가 벌어질 걸 우려한 LA 경찰국에서 경찰들을 파견하였다. 무장을 한 경찰들이 만약의 사태에 대비하고 있었다.

"시위하는 사람들이 많이 늘어났네요."

차준후가 대표실에서 창문 아래를 내다보고 있었다.

"점심시간에만 해도 4천 명 정도로 추산됐습니다. 그

런데 문제는 시위에 참여하는 사람들이 점점 늘어나고 있다는 점입니다."

"엄청난 마케팅 비용을 쏟아붓고 있는 회사들도 지금 저희만큼 주목을 받진 못했을 겁니다."

"방송국 카메라와 신문기자들이 보이네요. 저들이 노이즈 마케팅 효과를 더욱 크게 만들어 줄 겁니다."

방송국들에서는 란제리 시위 영상을 주요 뉴스로 내보내고 있었다. 그러면서 선정적인 속옷이 사회적으로 엄청난 파장을 일으킬 수 있다고 패션 전문가들이 지적하기도 했다.

지금도 시위 현장 곳곳에 방송용 카메라와 사진기를 들고 있는 신문기자들이 섞여 있었다.

"공짜 마케팅을 하는 것이죠."

"마케팅 효과로만 따지면 가치를 따지기 어려울 겁니다."

란제리에 관련된 뉴스와 기사들의 숫자가 엄청났다.

미국에는 막대한 비용의 마케팅 비용을 쏟아붓는 대기업들이 적잖이 존재했다.

"단 4편의 광고로 대기업들의 마케팅을 압도하며 현재 미국 전역에 이름을 알리게 되었네요. 대표님의 노이즈 마케팅이 제대로 먹혀들었습니다."

"토니 상무님과 임직원들이 모두 열심히 일해 주신 덕

분이죠."

 차준후는 직원들이 똘똘 뭉쳐 놀라운 성과를 냈다고 여겼다. 나아갈 방향을 정해주기는 했지만 직원들의 힘이 적지 않았다.

 차준후의 부족한 부분을 직원들이 채워 주었다.

 그는 일반 사원으로 회사에서 일해 봤던 경험이 있기에 직원들의 소중함을 누구보다 잘 알았다.

 "광고 효과와 신상품 효과가 일시적 성장으로 멈추지 않도록 경계해야 합니다. 지역에 따라 크롭톱 매출이 부진한 곳들이 있으니까요."

 "매출이 부진한 지역들은 메이저 의류 업체들의 힘이 강한 곳들입니다. 메이저 업체들이 크롭톱 판매를 은밀하게 방해하고 있어서 영업에 조금 곤란한 면이 있습니다. 게다가 크롭톱 카피 제품들을 슬금슬금 내놓으면서 우리가 개척한 시장을 야금야금 빼앗아 먹고 있는 실정입니다."

 토니 크로스가 지지부진한 이유를 설명했다.

 메이저 의류 업체들은 SF 패션의 빠른 성장을 눈엣가시처럼 여기고 있었다. 시장을 빼앗기지 않기 위해서 대형 유통 업체와 상점에 저렴한 가격으로 디자인을 살짝 바꾼 크롭톱 의류를 공급하고 있었다.

 제품 하나가 유행하면 비슷한 제품들이 튀어나오는 건

미국도 한국과 다르지 않았다.

메이저 업체들의 방해와 경쟁으로 인해 SF 패션의 크롭톱 매출에 문제가 생기는 지역들이 생겨났다.

"유통사들을 챙기고, 그들이 적극적으로 나설 수 있도록 크롭톱 판매에 대한 이득을 안겨 주세요. 크롭톱에 어울리는 탄력 넘치는 신소재 개발에 힘을 쏟으면서 원조라는 걸 강조하세요."

차준후가 매출이 부진한 지역에 대한 재정비와 수수료 부분을 살피면서 메이저 업체들과의 경쟁에서 앞서 나갈 수 있도록 지시했다.

경쟁은 자연스러운 것이었다.

스카이 포레스트 미국 법인은 짧은 시간에 급격하게 성장하면서 조직 체계와 유통망, 대량 생산 체제 등이 튼튼하게 만들어져 있지 않았다.

메이저 의류 업체들은 이런 빈틈을 찌르고 들어온 것이었다.

미니스커트 때는 설마 미니스커트가 이토록 소비자들의 호응을 얻으리라 생각지 못하고 뒤늦게 대응을 했던 메이저 의류 업체들은 이번엔 한발 빠르게 대응하고 하고 있었다.

"지금은 아직 우리가 앞서 나가고 있지만, 방심한다면 금방 따라잡히게 될 겁니다. 잘나갈 때일수록 자만하지 않고 대응을 잘해야 합니다."

대응이 늦거나 제대로 대처하지 못하면 고생은 SF 패션에서 다하고, 메이저 의류 업체들이 재미를 많이 볼 수도 있었다.

이번에 광고된 스카이 포레스트의 제품들로 인해 관련 업계에 지각 변동이 일어나고 있었다. 특허권이 보장된 무스와 큐빅은 판매에 있어 경쟁자들이 없었지만 의류 쪽은 아니었다.

거대한 덩치와 탄탄한 조직 체계를 가진 메이저 의류 업체들은 결코 만만한 상대가 아니었다.

그리고 SF 패션이 메이저로 올라서기 위해서는 그들과 치열하게 경쟁을 해서 이겨 내야만 했다.

"알고 있습니다. 크롭톱만큼은 정상의 위치를 지키기 위해 SF 패션의 전 임직원이 최선을 다하고 있습니다. 물론 크롭톱뿐만 아니라 다른 제품들의 매출도 계속 상승세를 유지할 수 있도록 신경 쓰겠습니다."

여러 광고 상품들이 불티나게 팔리면서, 그동안 스카이 포레스트에 대해 알지 못했던 이들이 스카이 포레스트의 다른 제품들까지 알게 되며 자연스레 전체적인 매출 상승으로 이어졌다.

이른바 낙수효과라고 할 수 있었다.

"잘 팔리지 않았던 실프 마스크팩을 찾는 유통사와 소

비자들도 많아졌습니다."

- 이상하게 생겼는데 직접 써 보니까 너무 좋아.
- 마스크팩을 하고 나면 피부가 아주 탱탱해진다.
- 이 세상에 없던 화장품이다. 나는 매일 밤 마스크팩을 하고 잔다.
- 한 번도 사용하지 않은 사람은 있을 수 있어. 그러나 한 번만 사용하는 사람은 없을 거야. 정말 좋아.

 소비자들의 관심은 지금까지 다소 외면을 받아 왔던 제품들에게까지 이어졌다. 이건 스카이 포레스트가 마케팅 비용을 마구 퍼붓는다고 해도 얻을 수 없는 효과였다.
 차준후의 노이즈 마케팅은 기대 이상으로 긍정적인 효과를 이끌어 냈다.
 물론 여전히 지금 시위를 하고 있는 이들처럼 스카이 포레스트를 비난한 이들은 적잖게 존재했다.
 그러나 차준후는 이를 대수롭지 않게 여겼다. 어차피 제품이 훌륭하다면 인식은 금방 뒤바뀌게 될 것이라 확신했기 때문이었다.
 그리고 시위대에 대응하기 위한 방법은 이미 강구해 두었기에 크게 걱정할 필요가 없었다.
"아, 드디어 왔군요."

창밖으로 기다리던 이들이 오는 것이 보였다.

또각! 또각!

사백여 명 정도로 추정되는 수많은 여성이 스카이 포레스트 미국 법인 건물 앞에서 시위를 하고 있는 이들을 향해 다가오고 있었다.

그녀들은 하나같이 미니스커트와 크롭톱을 입고 있었다.

"헉!"

"말세다! 말세야!"

"어떻게 저런 천 쪼가리만 몸에 걸치고 밖을 돌아다니는 거야? 저게 벌거벗은 거랑 다를 게 뭐야?"

"뭐야? 왜 이쪽으로 오는 거야?"

시위대의 수는 무려 사천여 명에 달했으나, 사백여 명의 젊은 여성들에게 단숨에 압도당했다.

시위대의 남성들은 미니스커트와 크롭톱을 입은 여성들에게 시선을 빼앗긴 채 아무런 생각도 하지 못했다. 이성적으로는 올바르지 못하다고 생각하지만, 본능적으로 끌릴 수밖에 없는 매력적인 패션이었다.

어느새 시위대의 코앞까지 다가온 여성 무리들이 크게 외치기 시작했다.

"어떤 옷을 입든 그건 개인의 자유다!"

"왜 여성의 패션을 가지고 남성들이 시위를 하는 건지

이해할 수가 없다! 남성들은 여성들에게 관심을 꺼라!"

"너희도 같은 여성 아니냐! 여성의 자유를 인정해라!"

"시위대를 해산하고 물러나라!"

"우리는 스카이 포레스트를 지지한다!"

사백여 명의 여성들은 여성 인권운동가들을 비롯하여 패션 업계의 종사자와 학생들이었다. 차준후의 지시를 받고 토니 크로스가 물밑에서 열심히 움직인 성과가 드디어 드러난 것이었다.

"찍어!"

"저 장면 놓치지 마."

"내일 신문 헤드라인은 정해졌다."

"이야! 차준후 대표는 정말 걸어 다니는 사고뭉치, 아니 특종뭉치야. 언제 어디서나 훌륭한 기삿거리를 제공한다니까."

"우리들에게는 아주 고마우신 분이지."

"매일 이런 특종을 준다면 동양식으로 절까지 올릴 수 있다."

기자들이 두 집단의 대립을 담아내기 위해 연신 셔터를 눌러 댔다. 방송국에서도 두 집단이 첨예하게 격돌하는 모습을 한순간도 놓치지 않기 위해 바쁘게 움직였다.

한창 미국 전역을 뜨겁게 달구고 있는 스카이 포레스트의 광고 논란으로 인해 벌어진 시위 현장을 찍으러 왔다가 예상치 못한 특종을 건지게 되었다.

기성세대와 신세대의 대립!

변화는 언제나 큰 소란을 동반했다.

그리고 어떤 사건이든 소란스러울수록 높은 시청률이 나오기에 방송 관계자들은 현 상황에 눈을 빛낼 수밖에 없었다.

"너무 늦지 않게 와 줬군요."

차준후가 웃으며 창밖을 내려다봤다.

그동안은 미니스커트, 크롭톱, 란제리 등 다소 선정적이라고 느껴질 수 있는 패션들이 부적합하다는 목소리를 높이는 이들만 대외적으로 활동했지만 이제는 아니었다.

앞으로는 스카이 포레스트를 대신하여 전면에서 목소리를 높여 주고 싸워 줄 아군을 얻게 되었다.

더불어 그동안 스카이 포레스트가 이윤만을 추구하는 기업이라는 비방을 받아 왔지만, 이제 개인의 자유와 개성을 추구하는 기업이라는 이미지를 확고히 할 수 있었다.

이제 스카이 포레스트를 비난하는 이들은 개인의 자유와 개성을 억압한다며 도리어 비판받게 될 것이었다.

"대표님, 뷰티 월드의 켈리 마리아가 인터뷰를 하기 위해 도착했습니다."

인터폰을 통해 실비아 디온의 목소리가 들려왔다.

"들여보내 주세요."

차준후가 승낙했다.

곧바로 실비아 디온의 안내를 받은 켈리 마리아와 카메라맨 등이 대표실 안으로 들어섰다.

"어서 오세요. 오늘따라 더욱 아름다워 보이시네요."

"잘 지내셨죠? 전 요즘 대표님 덕분에 행복한 시간을 보내고 있어요."

켈리 마리아가 화사하게 웃으며 손을 내밀었다.

방송인으로 활동하기 시작하며 지금보다 바쁘고 즐겁게 활동하던 때가 없었다.

한 번 치솟은 뷰티 월드 시청률은 내려올 생각을 하지 않았고, 덕분에 승진도 거듭할 수 있었다.

이 모든 게 바로 눈앞의 차준후 덕분이었다.

켈리 마리아는 이번에도 차준후의 인터뷰를 통해 다시 한번 뷰티 월드의 시청률 상승을 꾀했다.

"당분간 처리해야 할 일들이 많아서 시간을 빼기가 어렵습니다."

"바쁘신 건 잘 알고 있어요. 이렇게 인터뷰를 해 주시는 것만으로도 감사드려요."

켈리 마리아가 황송한 표정을 지었다.

스튜디오로 초청하는 건 어렵게 됐지만, 그렇다고 차준후에게 섭섭한 마음은 전혀 들지 않았다.

차준후와 인터뷰를 하고 싶어 하는 프로그램은 한둘이 아니었다. 이렇게 단독 인터뷰를 할 수 있다는 것만으로도 켈리 마리아는 크나큰 혜택을 누리고 있는 것이었다.

 더 많은 것을 받지 못해 섭섭해한다면 그것은 지나친 욕심이었다.

 두 사람이 대화를 나누고 있는 사이 카메라 세팅이 끝났다.

 "지금부터 인터뷰를 시작하겠습니다."

 켈리 마리아가 마이크를 들고 차준후과 마주 보고 앉았다.

* * *

 뷰티 월드에서 촬영한 차준후의 단독 인터뷰는 미국에서 큰 화제가 되었다.

 차준후의 입에서 나오는 이야기는 항상 세계를 떠들썩하게 만들었으니, 이번에는 또 무슨 말을 할까 싶어 수많은 이들이 그의 이야기를 듣고자 했다.

 그에 뷰티 월드의 방송 필름은 유럽의 여러 국가에도 바다를 건너 수출되었고, 유럽인들도 차준후의 인터뷰를 접할 수 있게 되었다.

 그리고 누구보다 차준후의 소식을 기다리는 곳에도 뷰

티 월드의 필름이 전해졌다.

태평양을 건너 주한미군 AFKN까지 흘러들었고, AFKN을 통해 한국인들도 차준후에 대한 소식을 접하게 된 것이다.

AFKN은 주한미군 방송이었으나, 최근엔 한국인들이 더욱 많이 시청하고 있었다. 바로 차준후 때문이었다.

"차준후 대표다!"

"이렇게라도 볼 수 있어 좋네."

"그 미국에서 이렇게 잘나가는 한국인이 또 나오겠어? 차준후 대표는 국위선양을 하고 있는 것이여."

영어를 알아듣지 못하는 이들이 대부분이었으나, 미국의 방송에서 차준후가 나온다는 것만으로도 많은 한국인들이 기뻐했다.

"그런데 저 옷은 뭐야? 너무 짧은 거 아니야?"

"서양 여자들은 짧은 옷을 좋아하는 모양이지."

"어휴, 세상 말세야. 순간 벗고 나오는 줄 알았지 뭐야. 저게 스카이 포레스트에서 만든 옷이라고?"

유교 사상이 뿌리 깊게 박혀 있어 미국 이상으로 보수적인 한국인들은 크롭톱을 보곤 미간을 찌푸렸다.

"달러를 벌고 있다고 생각하라고. 외화를 벌어오려고 차준후가 외국에서 욕보고 있는 거여. 그 숭고한 마음을 알아주지 않으면 되겠는가?"

"그렇기는 하지. 달러를 벌어서 국내에 좋은 일을 많이 하고 있는 사업가지. 돈 벌기에만 혈안이 되어 있는 다른 사업가들과 아주 다른 착한 사업가여."

"준후를 욕하면 가만두지 않을 거다."

AFKN 방송을 틀어 놓은 한 국밥집 텔레비전 앞에서 사람들이 떠들고 있었다.

"참! 스카이 포레스트에서 신규 직원을 채용한다는 소식 들었어?"

미국 사업이 순항을 하면서 용산의 스카이 포레스트와 제2공장이 바쁘게 돌아가고 있었다.

대한민국에서 만들고 있는 무스와 실프 마스크팩, SF-NO.1 밀크 등을 만들기 무섭게 배에 선적해서 미국에 보내고 있었다. 빠르게 보내야 하는 물건들은 화물 비행기를 통해서 곧바로 보냈다.

엄청난 주문을 받은 큐빅 장신구를 만들기 위해 제2공장은 생산 라인을 늘렸고, 제1공장은 공급을 늘리기 위해 신규 직원을 대대적으로 채용한다는 공고를 신문에 올렸다.

"당연히 알고 있지. 지금 그것 때문에 전국이 난리잖아."

실업자들이 넘쳐 나는 시대에 높은 보수를 주겠다는 회사는 스카이 포레스트뿐이었다.

"스카이 포레스트에 취직만 하면 집안이 일어서는 것

이지."

 스카이 포레스트의 월급과 복지에 대한 소문이 전국에 쫙 퍼진 상태였다. 국내 어떤 기업도 스카이 포레스트만큼 직원들을 챙겨 주진 않았다.

 한 명만 취직해도 집안 전체가 먹고살 걱정을 할 필요가 없었다.

 "어라?"

 "왜?"

 "차준후가 미국에서 드라마를 만들었다는데?"

 "드라마가 뭔데?"

 "영화 비슷한 거라고 보면 돼. 다만 영화사가 아닌 방송국에서 만드는 거지."

 "화장품을 만드는 차준후가 무슨 놈의 영화를 만든다는 거냐."

 "진짜야. 댄싱 스타라는 걸 조만간 방영한대."

 영어를 할 줄 아는 사람이 AFKN에서 나오는 내용을 주변에 이야기하고 있었다.

 "정말 재주가 많은 천재다. 저런 천재가 우리나라에서 나왔다는 게 자랑스럽다. 내가 막걸리 한 잔 살 테니까 저기 나오는 이야기 좀 통역해 줘."

 대낮부터 국밥집에서 막걸리와 소주가 판매되기 시작했다.

"요즘 들어서 조금 살만해지지 않았냐? 정치권만 보면 속이 썩어 문드러지는데, 차준후 이야기를 들으면 살 것 같다."

"맞아. 속이 뻥 뚫리는 기분이기는 하지."

차준후가 텔레비전에 나올 때마다 식당의 주류 판매가 늘어나는 현상이 벌어졌다.

전국의 술꾼들이 가장 사랑하는 안주가 바로 차준후라는 농담이 있을 정도였다. 그만큼 차준후에 대한 이야기는 술맛을 돌게 만들었다.

* * *

"알려 줘서 고마워요."

인터폰으로 연락을 받은 종운지가 재빨리 TV를 켰다.

"대표님이다."

텔레비전에 차준후의 모습이 크게 나왔다.

"언제쯤 돌아오시려나."

그녀는 비어 있는 대표실의 주인이 너무나도 그리웠다.

중소기업에서 경리로 힘들게 일하다가 돈을 많이 준다고 하기에 덥석 취직했는데, 그것이 그녀의 운명을 완전히 바꿔 놓았다.

친구와 친척들이 차준후의 비서인 그녀를 부러워하고

있었다. 스카이 포레스트에 취직할 수 있도록 힘을 써 달라는 주변 지인들의 청탁을 잔뜩 받기도 했다.

친인척과 지인들로부터 매정하다는 말을 듣고 있었지만 부정 청탁을 받으면 칼처럼 잘라냈다.

청탁을 들어줄 정도로 높은 위치에 있지 않았고, 또 은인인 차준후에게 해를 끼칠 일을 하고 싶지 않았다.

"미국에서도 잘나가고 계시는구나."

학원을 다니면서 공부하고 있는 덕분에 이제는 영어를 어느 정도 할 수 있는 좋은지였다. 그리고 운전면허증까지 취득했다.

모두 회사의 학원비 지원이 있었기에 가능한 일이었다.

"대표님이 오시면 보고할 내용들이 많은데, 빨리 돌아오셨으면 좋겠다."

비서실에는 차준후에게 보고할 서류들이 차곡차곡 쌓여 나갔다.

대표가 없었지만 스카이 포레스트는 어느 때보다 바쁘게 돌아가고 있었다. 미국에서 여러 가지 사업들을 벌이고 있는 차준후 때문이었다.

* * *

장민 정권은 민주적 개혁을 지속적으로 시도하고 있었

다. 극심한 사회 혼란과 정치권 내홍이 아주 조금씩 수습되어 갔다. 정치권 내부적인 상황 때문이 아니라 외부의 요인 때문이었다.

「조선소 산업의 성공적인 출발 뒤에는 상공부의 지원이 있었다.」
「차준후 대표는 장민 정부를 지지한다고 밝혔다.」
「정부는 차준후 대표와 중공업 산업 육성을 협의할 계획이다.」
「차준후 대표가 귀국하는 대로 장민 국무총리는 십만 일자리 창출에 대해서 논의한다.」
「장민 국무총리는 차준후의 아버지인 차운성과 아주 친한 사이였다. 예전에 차준후에게 용돈을 줬던 적도 있다고 한다.」
「윤보산 대통령! 차준후와의 면담 확정.」
「대한민국의 국위를 높여 주고 있는 스카이 포레스트의 뒤에는 대통령이 있었다.」

미국에 머무르고 있는 차준후와 어떠한 대화나 언질도 없는 정치권에서 일방적으로 퍼트리는 언론 보도였다.
스카이 포레스트에도 협의를 구하지 않고 일방적으로 정치권에서 마음대로 언론을 주무르고 있었다.

장민 국무총리와 윤보산 대통령이 차준후의 커다란 성과에 제멋대로 숟가락을 올려놓았다. 정권을 유지하기 위해 자신들에게 유리한 기사를 내보내는 것이었다.

정치적 혼란이 조금 잦아들기는 했지만 여전히 권력 다툼이 벌어지고 있었다.

차준후는 처음부터 정치권과 거리를 두고 있었고, 장민 국무총리와 윤보산 대통령을 한 번도 만난 적이 없었다.

정치권은 제대로 된 지원을 해 준 것도 하나 없음에도 스카이 포레스트의 성과를 자신들의 치적으로 홍보했고, 순박한 국민들이 거기에 속아 넘어가며 정권의 지지도는 크게 올라갔다.

물론 실제로 긴밀한 관계였느냐는 크게 중요하지 않았다. 스카이 포레스트의 성장 덕분에 정권이 순항할 기틀이 만들어진 것은 변함없었으니까.

스카이 포레스트의 사업이 크게 성공하며 막대한 달러를 벌어들였고, 수많은 일자리가 창출되었다.

이것은 정부 입장에서 크게 반길 일이었다.

기업 하나가 가만히 있어도 나라 경제를 부흥시켜 주고 있었으니 당연한 일이었다.

대한민국의 정부에서는 당연히 스카이 포레스트를 계속 주목할 수밖에 없었다.

그리고 군부의 일각에서도 스카이 포레스트를 무척 예

의주시하고 있었다.

"음! 대단한 천재이기는 해. 외국에 나가기 전에 만나 봤으면 좋았을 텐데."

박정하 장군이 텔레비전을 보고 있었다. 그 텔레비전에서 차준후가 인터뷰하는 장면이 나오고 있었다.

박정하는 포마드 제품으로 골든 이글을 애용했다. 스카이 포레스트의 고객인 것이다.

그에 오래전부터 스카이 포레스트에 대해 알고 있었고, 스카이 포레스트를 주목한 지 오래였다.

"중화학공업을 육성하려고 하다니, 나와 바라보는 목표가 비슷해."

박정하는 대한민국 경제의 발전이 중화학공업에 달려 있다고 생각했다.

중화학 공업이 불모지나 다름없던 대한민국에 차준후 때문에 석유화학 공장과 조선소가 생겨나고 있었다.

대한민국의 혼돈을 바로잡고, 경제 산업을 부흥시키기 우해서는 차준후와의 만남이 필수라고 느꼈다.

언제 한번 대면해서 심도 깊은 대화를 나눠 보고 싶었다.

그렇지만 천재와의 대화는 다음으로 미뤄야만 했다.

"천재와 다음에 만날 때는 어떻게 될지 모르겠군."

박정하는 쿠데타의 성공 여부에 따라 차준후와의 만남

이 극과 극이라고 생각하였다.

더 이상 쿠데타를 늦춰서는 곤란했다.

미국의 압박이 점점 강해지고 있었다.

쿠데타의 조짐을 느낀 미국에서는 친미적인 장민 정권에 박정하 장군을 비롯한 몇몇 장군들에 대한 수감 또는 예편을 요구했었다.

그러나 장민 정권은 그 제안을 받아들이지 않았다.

현 대한민국에서 군부의 힘은 막강했고, 자칫 잘못 건드렸다가는 거센 반격을 부를 수 있었기 때문이었다.

지금만 해도 군부의 반발이 무척 거셌다.

장민 정권은 거대한 군부의 눈치를 살필 수밖에 없었고, 그 때문에 군부를 조심스럽게 대했다.

장민 정권은 가능한 원만하게 군부와의 관계를 이어 나가길 바랐다.

하지만 언제 또다시 미국에서 개입하려 들지 알 수 없는 일이었다.

만약 그때도 장민 정권에서 미국의 요구를 거부할까?

그것은 알 수 없는 일이었다.

박정하 장군은 불안하고 조급해졌다.

또한 나라의 성장은 분명 반길 일이지만, 경제가 생각보다 빠르게 좋아지며 현 정권에 대한 지지도가 지나치게 높아지고 있었다.

현 정권에 대한 국민의 지지가 높아지고, 나라가 안정될수록 자신들에게 명분이 사라질 수밖에 없었다.

대한민국의 혼란을 바로잡는 건 자신들이 되어야만 했다.

"부관! 자동차 준비해. 채명산 준장을 만나러 가야겠네."

"알겠습니다."

작년에 추진하려고 했던 쿠데타를 더 늦춰서는 곤란하다고 여긴 박정하가 본격적으로 움직이기 시작했다. 그동안 포섭했던 동지들과 쿠데타에 대한 이야기를 나누기 위함이었다.

박정하의 움직임은 주한미군에 그대로 노출됐다.

심상치 않다는 걸 알아차린 주한미군 사령관은 대한민국 육군참모총장에게 쿠데타를 경고했다.

"쿠데타 움직임이 있으니 주의하라."

"걱정 마라. 우리 일은 우리가 알아서 할 테니까. 걱정하지 않아도 된다."

군부에 자율권을 준 장민 정권의 선택과 육군참모총장을 비롯한 지휘부의 안일한 대처로 쿠데타가 점차 가시화되고 있었다.

이는 역사보다 빠른 움직임이었다.

차준후로 인해 대한민국의 역사가 바뀌었기 때문에 일

찌감치 박정하가 위기의식을 가지고 움직이게 됐다.

 차준후라는 변수 때문에 대한민국 역사의 수레바퀴는 조금씩 다르게 흘러갔다.

멋진 콧수염 사내가 따듯하게 차준후를 반겼다.
"만나서 반갑습니다. 조지 스티븐이라고 합니다."
"차준후입니다."
"요즘 미국을 들었다 놨다 하는 유명인을 만나 뵙게 되어 영광입니다."

재활기구 제조사 싸이벡의 대표인 조지 스티븐과 차준후가 악수를 나눴다. 그 모습을 싸이벡의 임원들과 토니 크로스, 실비아 디온이 등 뒤에서 지켜보고 있었다.

차준후는 토니 크로스, 실비아 디온 등 이번 헬스 사업을 진행할 실무자들과 함께 싸이벡을 방문했다.

그동안은 토니 크로스와 실무진들만이 싸이벡과 운동기구 제작에 대한 협의를 진행해 왔으나, 논의 끝에 합작회사를 세우기로 결정된 탓에 최종 결정권자인 차준후가 직접 싸이벡을 방문한 것이었다.

"토니가, 아니 토니 상무께서 너무 빡빡하게 검토하셔서 협의가 정말 버겁더군요."

조지 스티븐과 토니 크로스는 사적을 친분을 나누며 친구로 지내는 사이였지만, 지금 이 자리는 공적인 자리였기에 직함을 넣어 호칭했다.

"토니 상무님이 너무 열심히 일해 주셔서 스카이 포레스트가 이렇게 성장할 수 있었던 거죠. 항상 고생해 주셔서 정말 고마움을 느끼고 있습니다."

싸이벡 스카이

 토니 크로스는 조지 스티븐과 친밀한 관계였으나, 업무에 있어서는 사적인 감정을 철저히 배제했다.

 최대한 싸이벡을 배려하라고 지시했지만, 그는 스카이 포레스트에 이익이 될 수 있는 방향으로 최대한 협상을 이끌어 나가기 위해 노력했다.

 정말 유능한 인재였다.

 차준후는 토니 크로스가 있기에 미국 법인에 대해 걱정하지 않을 수 있었다.

 "그런데 갑자기 스카이 포레스트에서 합작 회사를 제안 주셔서 정말 놀랐었습니다."

 그랬다.

 토니 크로스가 최대한 스카이 포레스트에 유리하게 조

건을 협의해 왔는데, 놀랍게도 차준후는 그 유리한 조건들을 포기한 채 싸이벡과의 합작 회사를 설립할 것을 제안했다.

싸이벡으로서는 어리둥절할 수밖에 없는 제안이었다.

공동 출자라고는 스카이 포레스트에서 대부분의 자금을 댈 뿐만 아니라, 제조할 운동기구의 특허도 스카이 포레스트에서 갖고 있으니 구태여 합작 회사를 세워 이윤을 나눠 가질 이유가 없었기 때문이었다.

'원래 싸이벡의 것이었으니 이 정도는 해 주는 게 맞겠지.'

차준후는 싸이벡이 지금은 재활기구들만 제조하고 있지만, 언젠가는 운동기구 사업도 시작한다는 것을 알고 있었다.

어찌 보면 스카이 포레스트가 그러한 싸이벡의 미래를 빼앗는 것이나 다를 바 없었다.

물론 싸이벡은 미래보다 훨씬 빠르게 성장할 수 있게 되었으니 이것으로 충분한 보상이 될 수도 있었지만, 차준후는 그것만으로는 마음이 불편했다.

이미 충분한 돈을 벌고 있는 차준후였기에 마음이 불편하면서까지 욕심을 부리고 싶진 않았다.

그래서 하청 공장처럼 이용할 수 있었음에도 구태여 합작 회사를 세워 이번 사업의 이익을 싸이벡과 나누기로 한 것이었다.

"싸이벡 입장에서도 자신의 회사가 되어야 더 열심히 만들어 주시지 않겠습니까? 단순히 더 사업을 성공시키기 위해서라고 생각해 주시면 될 것 같습니다."

"정말 대단하십니다……."

조지 스티븐은 진심으로 감탄했다.

더 큰 성공을 위해 눈앞의 작은 이익을 포기한다.

말은 쉽지만, 인간의 욕심이란 그렇게 쉽게 내려놓을 수 있는 게 아니었다.

이 정도는 되어야 스카이 포레스트 같은 대기업을 이끌 수 있는 걸지도 모른다고 조지 스티븐은 생각했다.

"아, 사명은 싸이벡 스카이로 진행하시죠."

"예? 아니, 그래도……."

"운동기구 제작과 이후 회사 운영까지 싸이벡이 전담해 주시기로 했으니 그게 옳습니다."

사실 합작 회사의 이름을 어떻게 지을지에 대해서 싸이벡과 스카이 포레스트 실무진 사이에서 치열한 언쟁이 오갔었다.

운동기구의 기술 특허와 대부분의 자금 출자를 스카이 포레스트에서 하고 있으니 스카이 싸이벡으로 해야 맞다는 스카이 포레스의 입장.

그리고 운동기구의 제작과 이후 회사 운영을 싸이벡에

서 전담하니 싸이벡 스카이로 해야 맞다는 싸이벡의 입장.

어느 한쪽이 틀리다고 할 수 없는 타당한 의견이었다.

양측의 실무진들은 자존심 때문에 서로 양보하지 않으려 하면서 회의가 지나치게 격양되었고, 협업이 무산 직전까지도 이를 뻔했었다.

그런데 차준후는 과감히 양보를 선택했다.

평소 자신이 잘 알지 못하는 분야에서는 최대한 전문가의 의견을 존중하려고 노력해 온 그였다.

그리고 이번 헬스 사업에서 전문가는 스카이 포레스트가 아닌 싸이벡이었다.

차준후는 싸이벡이 더 열심히 일할 수 있도록 돕는 것이 스카이 포레스트의 역할이라고 생각했다.

"그렇게 말씀해 주시니 고맙습니다."

조지 스티븐이 진심으로 고마워했다.

차준후의 언행에서 자신들을 존중해 주고 있다는 걸 여실히 느낄 수 있었다.

"협정서를 쓰시죠."

"알겠습니다."

차준후가 협정서에 시원하게 사인을 하였다.

싸이벡 스카이 기업의 지분은 50 대 50이었다.

이 부분에서 토니 크로스를 비롯한 스카이 포레스트의

실무진들은 격렬하게 반발했다.

합작 회사를 세우는 것도 사실 차준후의 강행에 의해서 진행된 것이었는데, 심지어 지분까지 똑같이 나누겠다고 하니 납득하지 못한 것이었다.

그러나 여기서도 차준후의 고집을 막을 수는 없었다.

결과적으로 싸이벡 스카이에서 실무를 담당하게 되는 건 싸이벡이었고, 차준후는 이 정도 지분은 과감히 주어야 더 열과 성을 다해 일을 할 것이라고 생각했다.

당연히 더 적은 지분을 갖게 될 거라 예상했던 싸이벡으로서는 환영할 만한 일이었다.

"스카이 포레스드와 함께 임할 수 있게 되어서 영광입니다. 신사업에 진출할 좋은 기회를 주셔서 감사합니다."

재활기구는 계속 싸이벡에서만 제조하고, 싸이벡 스카이는 가정과 헬스장에 납품할 운동기구만을 전문적으로 제조하기로 협약했다.

조지 스티븐으로서는 다른 회사의 특허 기술과 막대한 투자금으로 신사업을 펼칠 수 있게 된 것이었으니 그야말로 은혜라도 입은 기분이었다.

싸이벡처럼 작은 회사가 신규 사업에 진출한다는 건 쉬운 일이 아니었다.

"저야말로 좋은 회사와 함께할 수 있게 되어 기분이 좋습니다."

미래에 그들만의 힘으로도 세계적인 명품 운동기구 제조사로 거듭나는 싸이벡이었다.

원 역사대로만 싸이벡 스카이가 성장해 준다면 초기 투자금을 회수하는 건 일도 아니었다. 뿐만 아니라 회사의 운영은 싸이벡에서 전담하기로 했으니 앉아서 엄청난 수익을 벌어들일 수 있었다.

심지어 차준후는 옆에서 지켜보면서 싸이벡 스카이가 예정된 미래보다 더욱 크게 성장할 수 있도록 힘을 보탤 생각이었다.

그렇기에 조지 스티븐은 어떻게 생각할지 몰라도, 차준후는 지금의 협정이 장기적인 측면에서 스카이 포레스트에게 무척이나 유리하다고 생각했다.

"운동기구만 잘 만들어 주세요. 그러면 파는 건 걱정이 없을 겁니다."

1960년대에 헬스장이 시기상조처럼 느껴질 수도 있다.

그러나 얼마 지나지 않아 동네마다 하나씩 헬스장이 생겨날 것이었다.

그렇게 되도록 차준후가 미국에서 대대적인 광고를 비롯하여 여러 가지 작업을 하고 있었다.

"아, 그리고 조만간 CBC에서 댄싱 스타라는 주말드라마가 방영될 겁니다. 그 드라마에서 헬스장이 멋있게 나올 테니 한번 시청해 보세요."

"댄싱 스타 드라마에 저희 회사에서 만든 운동기구가 나온다고 해서 그렇지 않아도 꼭 시청하려고 했습니다."

싸이벡은 러닝머신을 비롯하여 모두 네 개의 운동기구를 부랴부랴 만들어서 스카이 포레스트에 납품했다.

네 개의 운동기구는 스카이 포레스트 미국 법인 사옥에 마련된 사내 헬스장에 비치되었고, 산타모니카 해변이 아름답게 보이는 그곳에서 댄싱 스타의 장면이 촬영되었다.

"아주 멋있게 찍혔으니 기대하셔도 좋습니다. 드라마가 방영되면 주문이 많이 들어올 수도 있으니 미리 많이 만들어 놓아야 할 겁니다. 특히 러닝머신은 가정에서도 사용하기 편해서 주문량이 많을 겁니다."

"그렇지 않아도 러닝머신은 미리미리 많이 제작해 두라고 지시해 놓은 상태입니다."

"얼마나 제작할 예정입니까?"

"우선 천 개를 지시해 뒀습니다."

이 시대에도 피트니스라는 개념은 존재했고, 여러 사람이 모여서 운동을 하는 시설도 있었다.

그러나 아무래도 아직 대중성과는 거리감이 있을 수밖에 없었다.

그런 상황에서 러닝머신 천 개는 싸이벡 입장에서 엄청난 모험이었다. 차준후를 향한 믿음이 없었다면 할 수 없는 도전이었다.

하지만 차준후는 의외의 반응을 보였다.

"천 개요? 너무 적은 것 아닌가요?"

이 시대의 사람들은 PPL 효과를 너무 과소평가하고 있었다. 드라마가 높은 시청률을 올리게 되면 러닝머신 천 개는 그야말로 순식간에 완판된다.

PPL 효과를 제대로 터트리기 위해 대본에서 힘을 실어주지 않았던가.

이대로 미진하게 넘기기에는 많이 아쉬웠다.

"예? 아니, 만약 더 만들었다가 팔리지 않으면 자금 운용에 큰 문제가 생길 겁니다."

조지 스티븐이 난처한 표정을 지었다.

"이 이상은 주문을 받은 후에 제작에 들어가야 리스크를 줄일 수 있습니다."

"음…… 그렇게 생각하실 수 있겠군요. 그러면 남는 재고는 제가 전부 구매한다면 어떻습니까? 러닝머신을 비롯해서 다른 운동기구들도 전부 천 개씩 더 제작해 주세요."

차준후가 특단의 대책을 강구했다. 가능하면 더 많이 만들고 싶었지만 지금의 싸이벡 스카이가 드라마 방영 전까지 만들 수 있는 최대치였다.

"네?"

천 개를 제작해도 재고가 남을까 걱정이었는데, 천 개를 더 만들라니.

조지 스티븐은 두 눈을 휘둥그레 떴다.

"그 물량을 전부 어떻게 하시려는 겁니까. 대표님이 큰 손해를 보실 수도 있습니다."

"사전에 들으셨겠지만 스카이 포레스트는 미국 전역에 헬스장을 만들 계획입니다. 미리 구매해 둔다고 생각하면 아무런 문제도 없죠."

"그야 그렇지만……."

헬스장을 미국 전역에 만든다는 것은 계획일 뿐, 무조건 실현 가능한 이야기가 아니었다.

시장의 분위기에 맞춰 점진적으로 사업을 확장하는 것으로, 만약 시장의 분위기가 좋지 않다면 헬스장은 몇 군데 세워지는 것으로 끝날 수도 있었다.

그런데 차준후는 마치 헬스장 사업이 절대 실패할 리 없다는 듯 미국 전역에 헬스장이 세워지는 것을 전제로 이야기하고 있었다.

"어떤 걱정을 하시는진 이해하지만, 걱정하실 필요 없습니다. 설령 문제가 생기더라도 그건 스카이 포레스트에서 책임질 일입니다."

"……알겠습니다. 주문 감사합니다. 싸이벡 스카이의 출발에 큰 도움이 될 겁니다."

"만약 주문이 쏟아지면 소비자들에게 먼저 판매하셔도 됩니다. 아셨죠?"

차준후의 이야기는 싸이벡 스카이에 무조건 이득이었다.

폭발적인 주문이 이어졌는데 판매할 러닝머신이 없는 것도 문제였다. 유행 초기에 제대로 대응해서 대유행으로 자연스럽게 이끌어야만 한다.

사실 차준후는 2천 개로도 부족하다고 생각했지만, 그래도 그럭저럭 대유행의 불씨를 만들 정도는 된다고 판단했다.

만약 댄싱 스타 방영 전까지 시간적 여유가 있었다면 더 많은 수를 제작해 달라고 요청했을 테지만, 지금의 싸이벡 스카이로서는 지금 정도의 수량이 한계였다.

직원의 수를 더 늘렸으면 했지만, 싸이벡 스카이의 경영에 간섭하지 않기로 했기에 여기까지는 이야기할 수 없었다. 여기까지 개입한다면 싸이벡은 반발하고 나설 것이 분명했다.

"대표님께서는 무조건 팔린다고 보시는 거군요?"

이 분야에서는 전문가라 할 수 있는 싸이벡 경영진들조차 확신까지 하지 못하고 있었다.

사실 싸이벡 경영진들 가운데에는 이번 사업에 대해 의구심을 가진 사람들이 제법 존재했다. 그렇지만 조지 스티븐을 비롯한 임원들이 스카이 포레스트와의 협업을 강력하게 추진하였다.

그러나 조지 스티븐도 앞으로 회사의 사활을 걸 신사업에 대해 아무런 걱정도 들지 않을 수는 없었다.

 이번 합작 회사를 설립하며 싸이벡에서 출자하는 금액은 스카이 포레스트에 비하면 훨씬 적은 액수였지만, 막대한 현금을 보유하고 스카이 포레스트와 싸이벡은 상황이 달랐다.

 싸이벡은 이번 합작 회사 설립을 위해 은행에서 많은 돈을 대출해야만 했다.

 그런데 만약 사업이 실패한다면?

 싸이벡 스카이가 도산하는 것은 물론, 싸이벡까지도 도산할 수 있는 상황이었다. 걱정이 되는 것이 당연했다.

 "잘 팔리도록 만들어야죠. 그리고 그렇게 만들 자신이 있습니다."

 차준후는 자신만만했다.

 그 자신만만한 모습에 조지 스티븐은 한결 마음이 놓였다.

 "저는 대표님만 믿고 있겠습니다. 그리고 대표님께서 주문하신 물량들을 소비자들에게 판매하게 된다면, 그 이익의 일부는 스카이 포레스트에 드리겠습니다."

 차준후가 리스크를 감수해 주지 않는다면 제작할 엄두도 못 냈을 물량이었다.

 이 정도는 당연히 스카이 포레스트에 해 주어야 한다고

조니 크로스는 생각했다.

"그렇게 하세요."

차준후가 받아들였다.

구태여 준다는 것까지 마다할 이유는 없었다.

아니, 애당초 조니 크로스가 이야기를 꺼내지 않았다면 먼저 이야기를 꺼낼 생각이었다.

"구매 계약서를 쓰시죠. 이익 양도에 대한 부분은 특약으로 첨부하겠습니다."

확실하게 일 처리를 하는 조지 스티븐이었다.

이런 부분은 미국다웠다.

소송의 천국인 미국에서는 사소한 일도 가능한 계약서를 쓰곤 했다. 이것을 가볍게 여겨 잘못된 계약으로 파산하는 기업들이 적지 않았다.

사소한 것까지 일일이 계약서를 쓰는 미국의 방식은 익숙해지기 전에는 다소 귀찮고 부담스럽지만, 익숙해지기만 한다면 일 처리가 매우 깔끔해져서 좋았다.

"이익 양도는 판매량에 따른 순이익의 일부를 양도하는 것으로 하겠습니다."

이른바 러닝개런티인 셈이었다.

개런티를 주는 쪽에서는 제품이 얼마나 팔릴지 알 수 없는 상황에서 리스크를 줄일 수 있어서 좋고, 받는 쪽에서는 많이 팔렸을 때 얻는 이익이 많아지니 좋은 방식이었다.

"그렇게 하시죠."

"이번에 생산할 운동기구들의 판매량이 각 천 대를 초과할 시, 초과하는 물량의 판매 순이익의 10%를 스카이 포레스트에 지급하겠습니다."

"팔리지 않을 경우에는 전부 스카이 포레스트에서 재고를 떠안기로 했으니 만들어질 수 있는 물량이지 않습니까. 리스크를 저희가 모두 떠안는데 10%는 말이 되지 않습니다."

당장 이것으로 벌어들일 돈은 차준후에게 아무것도 아닌 금액이었지만, 그렇다고 합리적이지 않은 거래를 하고 싶은 생각은 없었다.

"어느 정도를 생각하고 계십니까?"

"순이익의 50%는 받아야겠습니다."

차준후는 조니 크로스의 제안보다 무려 다섯 배를 요구했다.

싸이벡에 일방적으로 유리한 제안을 하지는 않았다.

누리는 것이 있으면 잃는 것도 있어야 하는 법!

"……받아들이겠습니다."

조지 스티븐이 결국 받아들였다.

변호사들이 재빨리 러닝개런티 특약이 삽입된 계약서를 만들어 냈다.

"대표님, 여기요."

한쪽에 조용히 있던 실비아 디온이 계약서를 차준후에게 건넸다.

"고마워요."

차준후가 실비아 디온을 바라보며 웃었다.

"대표님의 계획대로 이뤄졌으면 좋겠습니다."

조지 스티븐이 망설임 없이 계약서에 사인했다.

차준후의 장밋빛 계획은 결국 싸이벡 스카이에 큰 도움이 되는 일이었다. 모기업인 싸이벡을 성장시켜 주고, 지역 경제를 활성화하는 데 크게 기여하는 사업이었다.

운동기구가 잘 팔리면 직원들을 대량으로 채용해야 하고, 또 자연스럽게 협력 업체의 성장으로 이어진다. 미국에 새로운 일자리 창출과 시장이 만들어지는 것이다.

그리고 싸이벡 스카이의 운동기구 제조 사업은 미국에만 머무를 일이 아니었다.

"좋은 날을 곧 볼 수 있을 겁니다."

환한 웃음을 짓고 있는 차준후가 사인을 하기 전에 계약서를 다시 한번 살폈다.

계약은 신중하게.

계약서는 주고받은 이야기를 토대로 잘 작성됐다.

차준후가 시원하게 사인을 휘갈겼다.

* * *

미국 LA 남부의 한 가정집.

"와일더 감독 연출에 클라라 여주와 하이우드 남주면 말 다 했지. 이제 이번 주 토요일이면 기다리던 앨버트로스가 드디어 방영되는구나."

회사원인 빌리는 집에서 드라마 보는 게 취미였다.

다른 남자들이 친구들과 당구를 치거나 주점에서 술 마시는 걸 좋아하는 것과 달랐다.

그는 새로운 드라마들 가운데 앨버트로스를 가장 기대하고 있었다. 평소에 좋아하던 유명 영화배우들이 드라마에 나와서 너무 좋았다.

할리우드 영화의 주연을 차지하고 있는 남녀 주인공들이었다. 앨버트로스는 NBC 방송국이 거액을 투자한 드라마로 많은 사람이 기다리고 있는 기대작이었다.

극장에서나 볼 수 있었던 배우들의 연기를 집에서 볼 수 있다고 생각하니 신이 났다.

"아, CBC에서는 노래랑 춤을 소재로 한 댄싱 스타란 드라마가 방영한다던데?"

빌리는 댄싱 스타에 대해서도 궁금해하였다.

사실 얼마 전까지만 해도 댄싱 스타에 대해 크게 궁금하지 않았다. 그러나 댄싱 스타의 여주인공인 사만다 윌치가 등장하는 크롭톱 광고를 보면서 생각이 달라졌다.

"소름 돋았지. 화려하면서도 발랄한 분위기를 가진 아름다운 여인이었어."

미니스커트와 크롭톱은 입은 사만다 월치의 광고는 미국 전역에 커다란 충격을 선사해 줬다.

위아래 짧은 옷을 입고 춤을 추는 사만다 월치는 자신의 매력을 광고에서 마음껏 뽐냈다.

육체파 여배우 사만다 월치!

짧은 옷을 입은 그녀의 화끈한 매력에 빌리는 그야말로 녹아내렸다. 광고 화면 너머로 생생하게 전달되는 아름다움과 뇌쇄적인 사만다 월치의 매력은 그야말로 대적할 만한 여배우가 없다시피 했다.

당대 최고의 섹시 심볼이자 육체파 여배우인 메릴린 먼로도 사만다 월치의 매력 앞에서는 한 수 양보해야 할 정도였다. 그만큼 크롭톱 광고 안의 사만다 월치는 매력적이었다.

사만다 월치에 대한 사람들의 주목이 늘어나고 있었고, 이는 자연스럽게 댄싱 스타 드라마에 대한 관심으로 이어졌다.

"지금쯤이면 댄싱 스타 예고편을 내보낼 텐데······."

빌리가 CBC 방송에 채널을 고정하였다.

"떴다."

때마침 텔레비전에서 댄싱 스타 예고편이 흘러나왔다.

매력적인 사만다 윌치가 청소복을 입고서 화려한 란제리 매장에서 청소를 하고 있었다. 빗자루를 들고서 노래를 부르며 춤을 추는 그녀의 모습이 브라운관 안에서 살아 있는 것처럼 생생했다.

"남루한 옷차림을 하고 있어도 외모를 숨길 수가 없구나. 춤추는 모습 하나하나에 매력이 묻어나네."

빌리의 심장을 저격하는 사만다 윌치의 모습이었다.

사만다 윌치가 사라진 자리에는 남주인공이 이상한 기계 위에서 짧은 반바지만 입은 채 열심히 달리기 시작했다. 산타모니카 해변의 아름다운 일몰이 그림처럼 남주인공을 감쌌다.

"연출 죽이는데……."

조각 같은 남자의 육체는 빌리의 눈에 들어오지도 않았지만 드라마 감독이 연출한 아름다운 장면은 인상적이었다.

"초보 감독이라고 무시할 게 아니야."

드라마를 사랑하는 빌리는 감독의 연출이 심상치 않다는 걸 곧바로 깨달았다.

"초보 감독과 초보 여주인공이라고 무시할 게 아니잖아. 신선하면서 매력적인 여주인공을 아름답게 연출하는 감독이라……. 이건 기대작이잖아."

예고편을 뚫어져라 살폈다.

처음부터 끝까지 어느 장면도 버릴 부분이 없었다.

"음악도 나쁘지 않아. 제작하면 망하기 바쁜 뮤지컬 드라마라고 무시할 수 없어졌어. 오히려 기대할 구석이 너무 많아."

예고편에서 흘러나오고 있는 일렉기타 연주를 비롯한 음악들이 빌리의 귀에 쏙쏙 들어왔다.

미국에서 뮤지컬 드라마는 성공한 것들이 전무하다시피 했다. 원래부터 많이 제작되지 않았지만 성공 확률이 무척이나 낮았다.

그래서 뮤지컬 드라마 제작이 더욱 적어졌는데, 이번에 댄싱 스타가 방영되는 것이었다.

"앨버트로스는 재방송을 보고, 신선한 재미를 줄 것 같은 댄싱 스타를 생방송으로 봐야겠다."

예고편을 시청한 빌리는 결국 댄싱 스타를 선택했다. 그만큼 댄싱 스타 예고편이 잘 만들어졌다.

빌리뿐만 아니라 예고편을 시청한 상당수 시청자들이 댄싱 스타에 대한 기대감을 가지게 됐다.

CBC 방송국에서 댄싱 스타 예고편을 지속적으로 내보냈다.

- 사만다 윌치는 너무 매력적이야. 그녀를 볼 때마다

내 심장이 멈추려고 한다.

- 토요일이 너무 기다려진다. 그녀를 보고 싶어.
- 드라마에서도 미니스커트에 크롭톱을 입고 나올까?
- 예고편을 봐라. 짧은 크롭톱을 입고 춤추는 장면이 나오니까. 격렬하게 춤을 춰서 땀 흘리는 모습이 너무 환상적이다.
- 저 달리는 운동기구는 대체 뭐냐? 엄청 신기하게 생겼네.
- 트레드밀이잖아. 병원에서 재활기구로 사용하는 거다.
- 저 트레드밀이 있으면 집에서도 운동할 수 있겠다. 트레드밀 위에서 열심히 달리면 남주인공처럼 벗진 몸을 가질 수 있는 거지?
- 내 친구의 사촌의 아빠가 댄싱 스타 스태프거든. 저건 트레드밀이 아니라 러닝머신이라고 하더라.
- 러닝머신과 화면에 나오는 운동기구들을 구매하고 싶다. 어디서 파는 거야?
- 먹는 것부터 줄이고 이야기해라.
- 예고편을 열 번 넘게 봤다. 계속 봐도 재미있다.
- 난 벌써 댄싱 스타에 빠져들었어. 이제 빠져나올 수가 없어.

댄싱 스타 예고편을 본 사람들이 많은 이야기를 토해 냈다.

드라마를 그다지 좋아하지 않는 남자들은 예고편에 등장하는 러닝머신을 비롯한 운동기구들에 주목했다.

근육과 운동을 사랑하는 미국인들이 댄싱 스타 예고편을 보면서 눈을 반짝거렸다. 평소 드라마와 거리가 먼 근육남들까지 댄싱 스타에 주목하게 되었다.

여러 미장센들이 들어간 댄싱 스타에 대한 사람들의 기대치가 빠르게 올라갔다.

스카이 포레스트의 광고 효과까지 얻고 있는 댄싱 스타는 앨버트로스와의 격차를 빠르게 줄여 갔다. 미국 4대 방송국에서 텔레비전만 틀면 스카이 포레스트의 광고가 쏟아져 나왔다.

최초 방영일과 드라마 방송 시간이 똑같은 두 드라마가 치열하게 격돌했다.

드라마 경쟁이 과열되면서 CBC와 NBC 방송국들도 자신들의 드라마에 힘을 실어 줬다.

* * *

댄싱 스타에 대한 기대감 상승은 밀레니엄 스튜디오가 미국의 메이저 제작사로 자리 잡을 수 있는 기회이기도 했다.

30%가 넘는 초대박 시청률을 이끌어 내면 단숨에 밀레니엄에 스튜디오는 메이저 제작사로 올라설 수 있었다.

영화나 드라마에는 소위 한 방이 있었다.

대작을 하나 터트리면 무명 제작사라도 곧바로 메이저로 등극하는 것이 가능했다.

댄싱 스타 드라마가 대중에게 주목을 받으면서 투자하겠다는 사람과 기업들이 밀레니엄 스튜디오와 접촉을 해 왔다.

그렇지만 라운은 그런 제안을 모두 거절했다.

지금만 해도 투자금이 넘쳐 났고, 다른 투자가들을 모두 압도할 수 있는 엄청난 재력가인 차준후가 바로 옆에 있었다.

"차준후 대표님, 시놉시스 준비는 잘 진행되고 있습니까?"

"시청률을 보고 이야기하자면서요?"

"드라마 본부장과 CBC 부사장을 만났습니다. 그들에게 2부에 대한 확정 이야기를 들었습니다. 그들도 댄싱 스타가 잘될 거라는 걸 알아본 거죠."

라운은 잔뜩 흥분한 상태였다.

그리고 CBC 드라마 본부의 사람들도 예고편으로 인해 만들어진 관심에 잔뜩 고무되어 있었다. 방영하는 드라마마다 망하기 일쑤였기에 지금처럼 관심을 받은 적이 까마득했다.

CBC 방송국에서 자체 조사 결과, 앨버트로스보다 댄싱 스타에 대한 시청자들의 기대감이 더 높게 나왔다.

물론 CBC 방송국의 자체 조사였기에 조금 댄싱 스타에 유리하게 나온 여론 조사였다. NBC는 여론 조사에서는 앨버트로스가 더 잘나간다고 주장하고 있었다.

이 당시에는 시청률과 프로그램 여론 조사를 방송국마다 자체적으로 하고 있었기에 신빙성이 크게 떨어졌다.

CBC 방송국은 예고편처럼 잘 뽑힌 테이프가 방영되기만 기다리고 있었다.

시청률이 잘 나오기를 기다리면서도 CBC는 일찌감치 2부 제작에 대한 결정을 내렸다. 1부가 끝나자마자 시간

제7장.

댄싱 스타

댄싱 스타

차를 두지 않고 2부를 곧바로 붙인다는 계획이었다.

시간이 그렇게 많은 편이 아니었다.

12부작이 방영되는 6주 동안 2부의 대본을 모두 만들고, 촬영을 시작해서 편집을 끝마쳐야만 했다.

빠르게 2부의 제작에도 신경을 기울여야 했다.

그리고 2부가 잘 뽑히기 위해서는 대본이 잘 나와야 하고, 그 대본의 질을 결정하는 게 바로 시놉시스였다.

"감독님."

"네."

"저번에 투자 지분에 대한 이야기 부분은 어떻게 됐습니까?"

시놉시스를 건네주기 전에 반드시 확인해야 할 부분이

었다.

"투자 지분 조율에 있어서 조금 시간이 필요합니다. CBC 방송국과 다른 투자가들도 지분을 늘리려고 합니다."

라운이 조금 곤란한 표정을 지었다.

성공할 가능성이 높아지자 여기저기에서 많은 지분 참여를 주장했다. 어느 곳도 지분이 줄어드는 걸 원하지 않았다.

"시놉시스가 중요한 건 아시죠?"

차준후도 양보할 생각이 없었다.

"물론이지요. 제가 방송국에 잘 이야기를 해 놓겠습니다."

"결과를 가지고 오세요. 시놉시스는 투자 지분 조율을 마치고 건네드리죠. 제 말이 무슨 의미인지 아시죠?"

차준후는 잘나갈 댄싱 스타에 대한 지분을 더욱 많이 차지하려고 했다.

드라마의 핵심이 될 시놉시스의 중요성은 길게 설명할 것도 없이 매우 중요했다. 이건 드라마 제작에 간단한 도움을 주는 수준이 아니었다.

처음부터 발을 들이지 않았으면 모를까, 이렇게까지 깊숙하게 발을 들인 이상 그에 합당한 이득은 챙겨야 했다. 자신의 몫을 포기할 생각은 없었다.

"그 말씀은?"

"시놉시스는 이미 완성됐습니다."

차준후는 퇴근하고 여유 있을 때 일찌감치 시놉시스를 써 놓았다. 제작 현장에서 떠올랐던 영감을 바탕으로 쭉쭉 써서 완성시켰다.

스스로 생각해도 잘 뽑힌 시놉시스였다.

"역시 빠르시네요. 제가 싸워서라도 댄싱 스타 2부의 지분 문제를 빠르게 해결하겠습니다."

드라마의 성공이 차준후에게 절대적으로 달려 있다고 생각하는 라운이었다. 그는 향후에도 차준후와의 협업을 늘려 나갈 계획이었다.

"작가님, 이번 기회에 전속 계약을 맺으시면 어떻습니까? 전속 계약을 하신다면 본격적으로 대본을 쓰실 수 있도록 보조 작가들을 붙여 드리겠습니다. 보조 작가들이 있으면 대본을 쓰시는 시간을 대폭 줄일 수 있을 겁니다."

라운이 은근슬쩍 차준후를 작가라고 호칭했다.

"거절합니다."

"작가님은 우리 업계에 어울리는 인재라니까요."

"화장품 만들기에도 바쁩니다."

"작가님 바쁜 건 세상이 다 알고 있지요. 제가 잘 챙겨 드린다니까요."

"자꾸 쓸데없는 소리 하면 저 갑니다."

"흠! 다음에 이야기하시죠."

기회만 생기면 자꾸 차준후를 유혹하는 라운이었다.

라운과 밀레니엄 스튜디오에 대한 차준후의 영향력이 커져만 갔다.

CBC와 NBC 방송국의 과열된 드라마 경쟁은 대중의 관심을 더 끓어오르게 만들었다.

두 방송국은 자신들의 드라마가 더욱 재밌고 뛰어나다며 열을 올리고 있었다. 두 방송국이 비중 있게 드라마를 다루면서 드라마를 사랑하는 시청자들도 들끓어 올랐다.

CBC 방송국은 댄싱 스타 방영일이 다가오면서 예고편들을 자주 내보냈고, 드라마 포스터들도 뿌렸다.

드라마 포스터들이 기차 객실에도 붙었는데, 미국 전역에 뿌려진 양만 해도 무려 100만 장이 넘었다.

미국에서는 전국 단위로 알리려면 어마어마한 물량이 필요했다. 댄싱 스타에 언론과 시청자들의 관심이 집중되면서 사회적 이슈로 조명될 정도였다.

CBC 방송국은 그동안 드라마의 불모지로 불렸던 치욕을 씻어 내기 위해 많은 노력을 기울였고, 이런 이슈에 편승한 스카이 포레스트도 마케팅비를 쏟아부었다.

그런 마케팅 가운데 하나로 스카이 포레스트에서는 화장품 매장과 옷 가게 앞에 사만다 월치와 그레이스 켈리의 실제 모습을 똑 빼닮은 입간판을 세워 놓았다.

- 와! 정말 똑같다.
- 광고에 나온 모습 그대로야.
- 정말 예쁘다.
- 사만다가 내 앞에 있는 것 같아.
- 우리 집에는 사만다와 그레이스가 모두 있다.
- 입간판 하나당 10달러에 구매합니다.

차준후의 지시로 홍보실에서 여성 모델들의 고품질 전신 입간판을 만들었다. 작다면 작은 홍보일 수도 있었지만 이런 사소한 부분들이 마케팅에서 중요하게 작용했다.

실제로 길을 걷다가 갑자기 입간판을 본 사람들은 깜짝 놀라 제자리에서 멈췄다. 실물과 차이가 거의 나지 않는 입간판들은 사람들의 시선을 집중시켰다.

입간판이 좋아서 몰래 훔쳐 가는 사람들이 나타났고, 몰래 돈을 받고 파는 사람들도 있었다. 매장 앞에 세워지는 입간판들이 하루를 채 버티지 못하고 사라져 버리기도 했다.

그로 인해 매일 입간판들을 새롭게 만들어서 배포해도 매번 부족해지는 기현상이 벌어졌다. 입간판 절도 사건을 언론들이 보도하면서 무스와 크롭톱이 엄청난 홍보

효과를 얻게 됐다.

너무 매력적인 광고 모델들의 입간판이 노이즈 마케팅 효과로 나타났다. 이에 따라 소비자들의 뇌리에 무스와 크롭톱이 더욱 각인되었다.

"매출의 성장세가 엄청납니다."

토니 크로스는 잔뜩 흥분해 있었다.

스카이 포레스트 미국 법인은 차준후가 미국에 오고 난 뒤 매출이 폭발적으로 증가했다.

작년에 미국 증시에 상장된 기업들은 평균 매출 성장률이 1.8배 늘어난 것에 불과했는데, 스카이 포레스트 미국 법인은 월 매출이 올해만 벌써 작년의 몇 배 이상 훌쩍 증가했다.

엄청난 성장세였다.

물론 업계에서는 비상장 기업인 스카이 포레스트 미국 법인의 매출을 정확히 알지 못했다. 대략적으로 매출을 추정할 뿐이었다.

비상장 기업들은 자사의 매출을 극비사항으로 관리하고 있었고, 스카이 포레스트 미국 법인도 밝히지 않고 있었다.

그렇지만 증권 애널리스트들은 1961년 초에 스카이 포레스트 미국 법인이 2배 이상은 무난하게 성장할 거라는 전망을 내놓았다. 스카이 포레스트 미국 법인을 아주 유망한 기업으로 보고 있었다.

 그러나 그건 차준후가 미국에 도착하기 전에 내놓은 보고서와 전망일 뿐이었다. 스카이 포레스트의 성장세를 너무 낮게 살핀 보고서는 휴지 조각으로 변해 버렸다.

 스카이 포레스트 미국 법인의 성장세는 유례를 찾아보기 힘들 정도라 어디까지 성장할지 전문가들도 도무지 예측이 불가능했다.

 일부 미국 증권업체들 관계자들은 스카이 포레스트의 미국 증시 상장을 권유하기도 했다.

 그러나 차준후의 반대로 인해 증시 상장은 협상 테이블조차 꾸려지지 않았다. 주주들의 눈치를 봐 가면서 사업하고 싶지 않은 차준후였다.

 '전자 현미경의 성능을 개량하고 높이기 위해서는 막대한 연구비를 투자해야 한다. 그런 투자를 주주들이 이해해 주지는 않겠지.'

 차준후는 차후에 지금 시대에서 볼 때는 무모한 연구에 손을 대려고 했다.

 21세기에 못다 한 줄기세포 화장품 연구를 하기 위해서는 기반 여건이 조성되어야만 했고, 그 기반을 직접 조성하기 위해 천문학적인 비용을 투자할 생각이었다.

 줄기세포를 살펴보기 위해서는 전자 현미경과 생물학, 의학 등 여러 분야의 발전이 필요했다.

줄기세포 화장품은 21세기에도 꿈이라고 불릴 정도로 환상의 영역에 위치해 있었다. 차준후가 회귀하기 전까지 어떤 기업도 줄기세포 화장품을 완성하지 못했다.

 차준후는 못다 한 줄기세포 화장품을 이번에는 꼭 완성시키고 싶었다.

 '다른 사람들의 눈에는 돈 낭비로 보일 수도 있어.'

 훗날 미국을 대표하는 빅테크 기업들, 매그니피센트 7의 하나가 되는 애플망고의 창업자인 스티블 잡스도 회사에 피해를 끼치는 행동을 하여 쫓겨난 적이 있었다.

 이 시대에서 줄기세포 화장품을 만들기 위한 연구를 하겠다며 막대한 돈을 투자한다면, 차준후 또한 회사의 큰 손해를 끼친다면 해임시키려 할지 모르는 일이었다.

 그래서 차준후는 스카이 포레스트의 지분을 결코 누구에게도 넘기지 않을 생각이었다.

 어차피 증시 상장을 통해 얻을 수 있는 현금은 그에게 딱히 매력적인 것이 아니었다.

 언제든 머릿속에 있는 지식을 꺼내어 막대한 현금 창출을 할 수 있었고, 지금만 해도 은행에 가면 천문학적인 달러를 융통하는 게 가능했다.

 스카이 포레스트와 거래를 하고 있는 은행들에서는 제발 돈 좀 빌려 가라고 할 정도였다.

 "아직 우리는 걸음마도 제대로 떼지 않았습니다. 댄싱

스타가 방영되면 매출은 더욱 가파르게 올라갈 겁니다."

급격한 매출 성장을 보고받았지만 차준후는 아직도 배가 고팠다.

지금까지의 성과로도 부족하게 느껴졌다. 앞으로 가야 하는 길에는 막대한 돈이 필요했기 때문이었다.

댄싱 스타에는 다섯 편의 광고 상품들이 모두 PPL로 들어가 있었다. 자연스럽게 제품의 노출도는 폭발적으로 늘어나게 될 것이었다.

PPL의 엄청난 효과를 이 시대 사람들을 아직 몰랐다.

댄싱 스타가 엄청난 시청률을 기록하며 인기를 끌게 된다면, 스카이 포레스트의 신제품들은 매출 신기록을 끊임없이 갈아 치울 터였다.

"회사 분위기가 아주 좋습니다. 특히 SF 패션의 직원들은 자발적으로 먼저 잔업까지 하겠다고 나서고 있습니다."

처음 출시했을 때 우려했던 것이 거짓말처럼 크롭톱은 소비자들에게 엄청난 인기를 끌고 있었다. 인기가 많아질수록 메이저 의류 업체들의 방해와 함께 카피 제품들이 범람하고 있었다.

성과가 뚜렷하게 나오면서 SF 패션의 임직원과 직원들이 혼연일체가 되어 더욱 많은 크롭톱 제품들을 만들기 위해 노력했다.

미니스커트 이후 제대로 된 제품이 없던 SF 패션 직원들은 이번 기회에 업계 정상으로 올라서려고 했다.

미국 메이저 의류 업체들은 굴지의 회사들이었고, 아직 SF 패션이 따라가기에는 벅찬 것도 사실이었다.

그러나 지금처럼 계속 성장하면 언젠가 가장 높은 위치에 올라서는 게 불가능해 보이지 않았다. 천재인 차준후의 놀라운 패션 감각이 있다면 SF 패션이 메이저 의류 업체로 올라서는 게 결코 꿈이 아니었다.

"열심히 일하는 직원들을 독려해 주세요. 신규 직원들을 채용해서 조직을 재정비하고, 생산 라인도 추가하세요."

차준후가 지시했다.

사업가는 사업이 잘될수록 미래를 대비하며 준비해야만 한다. 댄싱 스타 방영 전까지 스카이 포레스트는 만반의 생산 준비를 할 필요가 있었다.

"잔업 수당은 미국에서 스카이 포레스트가 최고입니다."

"잔업을 거부하는 직원들이 있으면 억지로 작업시키면 안 됩니다."

"물론입니다. 노동법을 철저히 준수하고 있고, 잔업은 직원들의 자유의사에 맡기고 있습니다."

"가능하면 잔업은 줄이고 직원들을 더 늘리세요."

"알겠습니다."

차준후의 지시 아래 스카이 포레스트는 덩치를 점점 키우면서 다가오는 댄싱 스타 방영일을 대비하고 있었다.

* * *

밀레니엄 스튜디오에서 차준후가 라운이 타 준 아이스 아메리카노를 마시고 있었다.

"작가님."

"호칭을 똑바로 해 주세요. 제가 왜 작가입니까?"

"대표님은 제게 작가님이십니다. 그리고 실제로 시놉시스도 주실 테니 작가라는 표현이 딱히 틀린 것도 아니잖습니까."

라운이 말을 기관총처럼 쏟아 내자, 차준후는 고개를 절레절레 흔들곤 화제를 돌렸다.

"투자 지분 확대에 대한 조율을 마쳤다고요?"

"여기 있습니다."

지분 계약서를 꺼내 놓았다.

방송국과 투자가들과 연락을 주고받으며 빠르게 지분 조율을 마친 라운이었다. 차준후의 시놉시스가 있어야 2부 대본을 뽑을 수 있었기에 미친 듯이 움직여서 지분 문제를 끝마쳤다.

CBC 방송국과 투자가들도 결국 차준후의 중요성을 인

정하고 한발 물러나며 양보했다. 댄싱 스타의 시작에는 바로 차준후가 있었고, 2부도 마찬가지였다.

차준후는 댄싱 스타 제작에 있어서 존재감을 강하게 드러내고 있었다.

"살펴보시고 서명하시죠."

"변호사에게 자문을 받은 뒤에 하겠습니다."

투자 계약은 신중하게.

차준후는 라운과 계약할 때 돌다리도 두들기는 심정으로 할 생각이었다.

"변호사와 이것도 함께 살펴보시죠."

"뭡니까?"

"시놉시스에 대한 계약서입니다. 대표님이 작가로 정식 데뷔하시는 거지요."

라운은 정식으로 차준후와 계약을 맺을 작정이었다. 그래서 이미 계약서를 뽑아 놓은 상태였다.

시놉시스에 대한 보수가 계약서에 적혀 있었는데, 보통의 경우보다 신경을 많이 쓴 금액이었다.

금액을 떠나 차주후에게 작가라는 타이틀이 와닿았다.

'작가라?'

차준후가 잠시 고민했다.

PPL 때문에 돕기 시작했던 댄싱 스타였는데, 2부 제작을 위해 본격적으로 시놉시스를 작성하며 제작에 더욱 깊이 발을 들이게 되었다.

이후로도 작가로서 활동할 계획은 없었지만, 드라마와 영화를 좋아하는 차준후였기에 작가라는 호칭이 마냥 싫지만은 않았다.

"시청률에 따른 성과급도 있습니다. 시놉시스만으로 이 정도 조건을 받는 작가는 세상 어디에도 없을 겁니다."

지금은 아직 댄싱 스타 1부가 방영되기 전이었다. 많이 이들이 흥행을 예상하고 있지만, 그렇다고 흥행이 확정된 상황은 아니었다.

그렇기에 2부 시놉시스에 대한 조건은 다소 보수적으로 잡히더라도 어쩔 수 없는 일이었다.

그러나 라운은 댄싱 스타 1부가 엄청난 흥행을 한다는 전제하에 계약 조건을 명시해 두었다.

이후에도 차준후와 계속 함께 작업을 하고 싶은 그였기에 차준후가 감정 상하는 일이 없도록 최고의 조건을 제시한 것이었다.

"그래요? 신경 써 주셔서 고맙습니다."

드라마판의 보수 체계까지 차준후가 알 수는 없는 노릇이었다.

하지만 그래도 상관없었다. 어차피 이런 부분은 변호사들이 알아서 신경 써서 체크해 줄 것이었다. 할 일이 많은 차준후가 이런 일까지 신경 쓸 필요는 없었다.

"그렇게 하시죠. 시놉시스는 언제쯤 받아볼 수 있을까요?"

라운은 한시라도 빨리 댄싱 스타 2부 시놉시스를 보고 싶었다.

"투자 계약서와 시놉시스 계약서를 작성한 뒤에 곧바로 보내 드리겠습니다."

차준후는 시간을 끌 생각이 없었다.

최대한 빨리 변호사에게 검토를 받은 후 댄싱 스타 2부 제작이 들어갈 수 있도록 서둘러 보내 줄 계획이었다.

"대표님, 이번 주 토요일에 댄싱 스타가 방영되잖습니까?"

"그렇죠."

"방영일에 함께 댄싱 스타를 시청하실래요?"

"네?"

"드라마가 처음 방영될 때 감독과 출연 배우, 스태프들이 함께 모여서 시청하고는 합니다."

"제가 그 자리에 있어도 되나요?"

"대표님의 참석을 모두 바라고 있습니다. 저번에 드라마 촬영 현장에서도 대표님이 지켜보고 계셔서 배우들이 힘을 냈던 걸 기억하고 계시죠? 배우들이 다시 작가님을 뵙고 싶어 합니다."

"음! 참석하지 않겠습니다. 제가 방해가 될 것 같아요."

잠시 고민하던 차준후가 제안을 거절했다.

한 번 참석하면 계속 현장에 끌려다닐 것만 같았다.

"네? 그러지 말고 다시 생각해 보세요. 사만다가 무척 서운해할 겁니다. 대표님이 오실 거라고 철석같이 믿고 있어요."

라운은 차준후를 어떻게든 업계로 끌어들이고 싶었다. 배우들과 자주 어울리다 보면 이쪽 바닥의 매력을 더 느낄 거라고 여겼다.

"아닙니다. 고민해 보고 내린 결정입니다. 더 말씀하셔도 결정이 바뀌진 않을 겁니다."

차준후가 확실히 의사를 표현했다. 어설프게 거절하면 라운이 포기하지 않을 것임을 이제는 잘 있었기 때문이다.

"어쩔 수 없죠. 알겠습니다."

라운이 곧바로 꼬리를 내렸다. 아쉬움이 많았지만 차준후를 더 이상 불편하게 만들고 싶진 않았다.

'다음부터는 한 번 거절당하면 반복해서 말하지 말아야겠다.'

차준후의 호감을 얻으려고 한 행동이 도리어 미움을 사게 되는 것만큼은 피해야 했다.

"대신 1화 시청을 끝내신 후에 뒤풀이를 하실 수 있도록 회식비를 협찬하죠."

"고맙습니다. 대표님의 협찬을 배우들과 스태프들에게 널리 알리겠습니다."

* * *

「댄싱 스타는 잘 만들었지만 경쟁 작품인 앨버트로스가 너무 강하다.」
「댄싱 스타의 대본과 연출, 배우들의 연기는 나쁘지 않다. 그러나 시청률이 높게 나올지는 의문이다.」
「예상 시청률은 10% 미만이다. 10%만 나와도 성공이라고 할 수 있다.」
「CBC 드라마 본부에서 댄싱 스타 편성 시간을 잘못 짰다.」

방송계와 언론에서는 댄싱 스타에 대해 호평을 늘어놓는 한편, 동시에 비관적인 전망을 내놓았다.

동시간대에 앨버트로스가 방영된다는 것이 유일한 단점이자, 치명적인 약점이라는 평가였다.

시청자들이 둘 중 하나를 고른다면 앨버트로스를 선택할 것이라는 게 업계의 전반적인 예측이었다.

앨버트로스가 유명 감독과 유명 배우로 구성된 작품이라는 것도 영향이 있었지만, 그런 것을 차치하더라도 장르의 차이가 큰 영향을 줄 것이라는 이유였다.

앨버트로스는 첩보물로 대중들의 인기가 높은 장르였지만, 뮤지컬 드라마는 그동안 높은 시청률을 기록한 작품이 전무하다시피 했다.

그 탓에 댄싱 스타의 승산을 높게 쳐주는 전문가들은 거의 없었다.

* * *

토요일 저녁.

차준후가 호텔 최고급 객실에서 편안한 옷차림으로 텔레비전을 바라보고 있었다.

「사랑의 란제리!」

텔레비전 화면 속에서는 최근 미국을 뜨겁게 달군 란제리 광고가 흘러나오고 있었다.

"드디어 시작이네."

광고가 끝나고 곧이어 댄싱 스타의 오프닝이 시작됐다.

오프닝에선 여주인공의 테마곡인 캔디 레이디가 배경음으로 깔렸다. 지미 헨드릭의 캔디 레이디가 여주인공의 테마곡이자 댄싱 스타의 오프닝곡으로 선정된 것이었다.

"역시 듣기 좋아."

차준후가 기타 연주를 들으면서 웃었다.

처음 만났을 때보다 더욱 감미로우면서 폭발력이 있는 발라드 연주곡이었다.

지미 헨드릭이 훌륭한 기타 연주를 선보이기 위해서 얼마나 많은 노력을 했는지 누구보다 잘 알았다. 스카이 포레스트에서 마련해 준 연습실에서 미친 듯이 기타를 치며 연습했고, 기타 연주 실력이 빠르게 성장하였다.

그렇게 전설적인 기타리스트에 한층 더 가까워진 지미 헨드릭의 기타 연주가 지금 미국 전역에 퍼져 나갔다.

이후 곧 1화의 내용이 시작됐다.

꿈을 이루기 위해 작은 시골에서 살다가 상경한 남녀 주인공의 이야기는 이 시대 사람들의 공감대를 불러일으켰다.

정확히 이 시대를 표현해 낸 이야기였다.

댄싱 스타는 젊음에 대한 찬가의 드라마였다.

남녀 주인공이 젊은 매력을 화면에서 톡톡 발산하고 있었다.

재미있는 이야기와 함께 연출되는 화면이 눈을 호강시켜 줬고, 들려오는 노래들이 귀를 즐겁게 해 줬다.

"이야기를 정말 유쾌하고 아름답게 연출했어. 자연스

럽게 이야기를 고조시키는 한편, 중간중간 유쾌한 내용을 넣음으로써 캐릭터들을 잘 부각시켰어."

차준후는 댄싱 스타를 시청하며 라운의 재능에 다시금 감탄했다.

댄싱 스타의 1화에는 라운의 재능이 제대로 녹아들어 있었다. 이게 첫 번째 작품이라고는 믿기지 않는 연출력이었다.

본래 재능이 있던 감독이긴 했으나, 이렇게 빠르게 그의 재능이 개화할 수 있었던 건 당연히 차준후의 영향이 컸다.

라운은 차준후와의 대화를 통해서 다양한 영감과 깨달음을 얻을 수 있었고, 그것을 첫 번째 작품인 댄싱 스타에서부터 적용해 낼 수 있었던 것이었다.

"하긴, 캐릭터들의 섬세한 감정까지 표현해 내는 데 강점이 있는 감독이었지."

차준후는 댄싱 스타를 보면서 회귀 전 보았던 라운 감독의 작품들을 떠올렸다.

라운의 작품들은 하나같이 보는 이로 하여금 캐릭터의 감정에 온전히 이입할 수 있게 만드는 탁월한 연출력을 뽐냈었다.

그런 거장이 데뷔하기 전에 만날 수 있었던 차준후에게 엄청난 행운이었다. 절호의 기회를 얻었다고 생각하는 라운이었지만 그건 차준후도 마찬가지였다.

"크크큭!"

차준후가 웃었다.

먼지가 묻은 채 빗자루를 들고 춤추는 사만다 월치가 엉뚱한 매력을 발산했다. 금발을 휘날리며 발랄하게 웃는 모습은 무척이나 인상적이었다.

활력이 넘치는 그녀의 춤에는 매력이 마구 넘쳐 났다.

남주인공이 산타모니카의 일몰을 배경으로 러닝머신 위에서 상의를 탈의한 채 땀 흘리며 달리는 모습은 한 폭의 그림처럼 멋있었다.

"어디 하나 버릴 데가 없네."

차준후가 드라마 연출에 감탄했다.

라운이 작정하고 최선을 다해 만든 댄싱 스타는 처음부터 끝까지 눈을 뗄 수 없게 만들었다.

* * *

「대본의 이야기 + 감독의 연출 + 배우들의 연기 + 인상적인 노래. 댄싱 스타는 어느 것 하나 빠지는 것이 없었다.」

「인생 최고의 작품이다. 뮤지컬 드라마가 이렇게 재미있을 줄 몰랐다.」

「정말 재미있다. 한 시간이 어떻게 지나갔는지 몰랐다.」
「시청하고 난 뒤 곧바로 다음 편을 부르짖었다.」

언론 관계자들이 댄싱 스타에 대해 극찬을 내놓았다.
밀레니엄 스튜디오에서 제작하고 CBC 방송국에서 방영한 댄싱 스타의 인기가 1화가 끝난 뒤부터 빠르게 올라갔다.

- 너무 재미있었다.
- 사만다 월치가 춤추는 장면에서 눈을 떼지 못했어. 섹시한 배우라고만 알았는데, 너무 재기발랄하더라.
- 남자 배우의 이름이 뭐예요? 다른 출연 작품도 있나요? 몸이 너무 멋있더라고요.
- 내 이야기를 하는 줄 알고 울었다. 솔직히 도시에서 일하는 게 너무 힘들어서, 다시 시골로 내려갈까 고심하고 있었거든. 그런데 드라마를 보고 다시 힘을 내기로 했어.
- 노력하면 좋은 날이 올 거야. 꿈과 희망을 포기하지 마.
- 매번 음모와 싸우는 이야기들만 넘쳐 나는 드라마만 봤는데, 젊은이들의 순수하고 밝은 이야기가 좋았다. 젊은 시절의 추억이 떠오르더라.

- 간밤 꿈에 죽은 부인을 만났어. 여주인공만큼 아름다웠거든. 적어도 내 눈에는 그렇게 보였어.

　일요일이 되면서 그 인기가 더욱 높아졌다.
　입소문과 함께 2화를 기다리고 있는 시청자들이 엄청나게 늘어났다.
　댄싱 스타가 화제를 끌면서 드라마에 등장한 스카이 포레스트의 제품들이 시청자들의 마음에 깊숙하게 각인됐다.
　여주인공이 시골에서 상경해서 SF 란제리에서 청소부로 일을 하게 되었고, 남주인공은 헬스장에서 트레이너로 알바를 시작했다.
　두 사람은 서로의 꿈과 희망을 응원하면서 사랑을 키워 나간다. 여러 위기가 덮쳐 오지만 꿈을 포기하지 않고 달려가는 젊은이들의 이야기를 담은 댄싱 스타는 수많은 시청자의 공감을 샀다.

　- 댄싱 스타가 그렇게 재미있었어? 난 앨버트로스 봤는데 그냥 그렇더라. 유명한 감독이 연출하고 유명 배우들이 나와서 재미있을 줄 알았는데 약간 실망했어.
　- 일요일에 하는 댄싱 스타 1화 재방송으로 보고, 저녁에 2화를 시청해. 주말드라마를 댄싱 스타로 갈아타는

사람들이 승자야.

- 강렬한 연기와 몰입감 넘치는 이야기가 정말 끝내줘.
- 러닝머신과 운동기구들은 어디서 구매할 수 있나요? 헬스장은 어디에 있나요? 제발 알려 주세요. 알려 주시면 사례하겠습니다.
- 댄싱 스타 감독이 누군가요? 전작이 있나요? 정말 연출이 너무 뛰어나네요.
- 라운이라는 감독인데, 지금까지 광고만 제작해 봤고 드라마는 이번이 처음인 감독입니다.
- 다음 화가 기다려지는 드라마는 정말 오랜만이네요.
- 몇 번씩이나 계속 보고 싶은 드라마네. 방송국에 재방을 마구 요청해야겠다.

CBC 방송국의 연예 전문 프로그램인 할리우드 스크린은 일요일 오전에 방송된다.

할리우드 스크린의 메인 MC는 오랜만에 호평과 함께 높은 시청률을 기록한 자사의 드라마를 이야기하고 있었다.

"댄싱 스타가 성공할 수밖에 없었던 이유가 있습니다. 훌륭한 대본, 환상적인 화면을 연출하는 감독, 연기력이 좋은 배우들, 감미로운 음악들이 드라마를 탄탄하게 만들어 주고 있습니다. 방송 초기에 14%의 시청률을 기록

하던 댄싱 스타는 방송 말미에는 무려 21%를 넘는 기염을 토했습니다. 방송 도중에 이처럼 폭발적인 성장이 가능한 건가요?"

"성공적인 드라마들이 보여 주는 방식입니다. 그래도 7%의 시청률 증가는 무척 놀라운 성과라고 봅니다."

"오늘 저녁 8시에 2화가 방송되지요?"

"맞습니다. 제가 원래 저녁 약속이 있었는데 댄싱 스타를 보기 위해 미루기로 했습니다."

댄싱 스타는 방송 말미로 갈수록 시청률이 올라갔다.

방송국에서 자체 조사한 결과, 최고 시청률이 전국 기준으로 무려 21%에 달했다.

CBC 방송국이 댄싱 스타의 호성적에 환한 웃음을 짓고 있을 때, NBC 방송국은 울상이었다. 동시간대 방송한 앨버트로스의 시청률이 생각보다 안 좋게 나왔기 때문이었다.

앨버트로스는 방송이 시작될 때는 무려 28%라는 높은 시청률을 기록했다. 대작 드라마라고 알려졌기에 많은 시청자들이 채널을 고정하고서 지켜봤던 것이다.

그러나 드라마가 끝났을 때는 도리어 시청률이 하강 곡선을 그리기도 하며 위태위태한 시청률을 보였다.

댄싱 스타와 무척이나 비교되는 시청률 그래프였다.

- 2화에는 시청률이 오를 거다. 아직 시청자들에게 제대로 알려지지 않은 탓이야.
 - 크크크! 그렇게 광고를 했는데 알려지지 않았다고 하면 어쩌자는 거냐? 솔직히 앨버트로스 중간까지 보다가 댄싱 스타로 갈아탔다. 화려하기는 한데, 솔직히 몰입이 안 되더라.
 - 개연성이 살짝 부족하기는 했지.
 - 솔직히 나는 댄싱 스타가 판정승을 했다고 본다.

 동시간대 경쟁하고 있는 만큼 서로의 시청률이 영향을 크게 끼친다. 한쪽이 올라가면 다른 쪽은 떨어질 수밖에 없었다.
 경쟁작인 댄싱 스타에 시청자들이 폭발적으로 늘어나는 만큼 앨버트로스는 위기감을 느꼈다. 거액의 제작비를 투입한 앨버트로스였기에 더더욱 그러했다.
 하지만 아직 1화가 방송된 것에 불과했다. 앨버트로스 제작진과 NBC 방송국은 끝까지 희망의 끈을 놓지 않았다.

 * * *

 CBC 방송국의 시청률 조사 부서에서 전화기를 연신

돌리고 있었다.

"안녕하세요. 여기는 CBC 방송국의 시청률 조사 부서입니다. 잠시 통화 가능하실까요?"

- 가능해요.

"일요일 저녁에 어떤 드라마를 보셨는지요?"

- 댄싱 스타요. 정말 재밌었어요.

"감사합니다."

- 1화를 못 봐서 그런데 재방이 가능한가요?

"죄송해요. 여기는 시청률 조사 부서라 재방송에 관련된 부분은 알지 못합니다. 그렇지만 시정차분의 의견을 상부에 보고할게요."

- 꼭 부탁드려요.

이 시대에는 전화로 설문 조사 방식으로 시청률 조사를 하고 있었다. 시청률을 시청자들에게 물어보는 방식으로 하였기에 정확한 시청률 조사는 아니었다.

훗날 피플미터라는 텔레비전에 설치하여 자동으로 시청 채널을 기록하는 기기가 발명되기 전까지는 이런 식의 조사밖에 불가한 탓에 오차가 많을 수밖에 없었다.

"부장님, 방금 조사한 바에 따르면 시청률이 28%에 육박합니다."

"정말? 고작 2화 만에 댄싱 스타 시청률이 28%에 이르렀다는 거야?"

"그렇습니다. 그리고 시청률이 조금씩 올라가고 있습니다."

"정말 대단하네. 잘 나올 거라고 생각은 했는데, 직접 들으니까 더욱 실감이 난다. 지금 드라마 본부장님에게 시청률을 보고하고 올 테니까, 자네는 계속 시청률을 취합하고 있어."

"알겠습니다."

부장이 황급히 밖으로 튀어 나갔다.

전화로 보고할 수도 있었지만 직접 드라마 본부장을 만나기 위해 움직였다.

매번 안 좋은 드라마 시청률만 보고하고는 했다. 이처럼 높은 시청률이 나온 게 정말 얼마 만인지 몰랐다.

결과가 좋을 때는 대면 보고를 해서 부서의 존재 의미를 빛내야 한다.

따르릉! 따르르릉!

"전화 받았습니다. 시청률 조사 부서의 스튜어트입니다."

- 드라마 본부장 오손일세.

"안녕하십니까."

- 댄싱 스타 시청률이 궁금해서 전화해 봤네.

"지금 부장님이 본부장님을 만나 뵙기 위해 달려갔습니다."

- 전화로 보고해도 충분한데……. 바로 이야기해 보게.

"지금까지 조사로는 평균 시청률이 28%로 나오고 있습니다. 최고 시청률은 31%를 찍었는데, 드라마가 뒤로 갈수록 높아지고 있으니 기대하셔도 좋습니다."

- 잘 나왔군. 고생했네.

"감사합니다."

- 앨버트로스는 어느 정도인가?

"댄싱 스타가 역전했습니다. 앨버트로스는 27%로 나왔습니다."

- 오차 범위 내지만 그래도 이겼으니 기분이 좋군. 수고하게.

CBC 방송국이 댄싱 스타의 흥행으로 바쁘게 움직이고 있었다.

오손 본부장이 전화기를 들어 올렸다.

"여보세요. 요즘 바쁘지요?"

- 2부 제작 준비로 많이 바쁘기는 하지요. 시청률은 어떻게 나왔나요?

곧바로 시청률을 물어보는 라운이었다. 댄싱 스타의 시청률을 가장 궁금해하는 사람 가운데 한 명이 바로 감독이었다.

"28% 나왔다고 합니다. 순간 시청률 최고는 31%이고요. 그런데 아직 조사 중이라 더 높게 나올 수도 있습니다."

- 좋게 나왔네요. 경쟁작은요?

라운의 목소리가 잔뜩 흥분되어 있었다.

방송국에 4개에 불과했기 때문에 드라마 시청률이 높게 나오지만 30%의 시청률은 결코 무시할 수 없는 수치였다.

시청률이 잘 나오면 최고 50%를 넘을 수도 있었다.

그렇지만 50%를 넘는 건 극히 희박했고, 잘 나온다 해도 40% 정도였다.

댄싱 스타의 경우에는 2화 방송에 30%에 가까웠으니 뒤에서는 40% 시청률을 충분히 노려볼 수 있었다.

지금처럼 시청자들이 계속 유입되면 50%의 시청률을 기록하는 것도 꿈이 아니었다.

"27%! 우리 드라마보다 1% 낮습니다."

- 좋은 소식이네요.

경쟁 작품의 정체는 댄싱 스타에서 좋은 현상이었다.

"2부 제작은 어느 정도 진행되고 있습니까?"

- 보조 작가들과 함께 대본을 열심히 집필하고 있습니다. 그리고 출연진들을 섭외하는 일도 병행하는 중입니다.

"불편한 점은 없습니까? 도움이 필요하면 언제라도 이야기해 주십시오."

- 차준후 대표와 자주 만나고 싶어요. 차준후 대표를 제 옆에 붙여 주면 고맙겠습니다.

라운은 대본을 집필하면서 차준후의 조언을 듣고 싶었다.

차준후는 시놉시스만 툭 던져 놓고 더 이상 댄싱 스타 대본에 관여하지 않았다. 알아서 잘하고 있는 라운이었기에 구태여 참견할 필요가 없다고 판단한 것이었다.

"음! 그분은 저도 어려워서요. 도와 드리기가 힘드네요."

오손은 라운의 부탁을 들어주지 못했다.

미국 4대 방송국의 드라마 본부장이면 엄청난 힘을 가지고 있지만 차준후 앞에서는 별다른 힘을 쓰지 못했다.

작가인 듯 작가 아닌 차준후는 돈 많고 재능이 넘치는 사업가였다. 많은 광고비를 방송국에 뿌리고 있기에 오히려 오손이 차준후의 눈치를 봐야만 했다.

- 어쩔 수 없죠. 시놉시스가 훌륭하니 2부 대본도 재미있게 뽑힐 겁니다. 기다려 주세요.

탄탄한 대본은 댄싱 스타의 흥행력의 바탕이었다.

차준후에게 시놉시스를 처음 받아 읽었을 때 라운은 흥분했고, 오손도 시놉시스를 보곤 무릎을 치면서 기뻐했었다.

"시놉시스가 잘 나왔다는 건 잘 알지요. 다만 제작에 시간이 촉박할 것 같아서 전화해 봤어요."

- 최대한 노력하고 있습니다. 1부가 끝날 때쯤이면 차질 없이 2부를 방영할 수 있을 겁니다.

"라운 감독만 믿습니다."

오손 본부장이 전화기를 내려놓았다.

드라마 불모지라 불렸던 CBC 방송국에 훈풍이 불고 있었다.

* * *

「댄싱 스타 2화 평균 시청률 28%, 순간 최고 시청률 33%에 달했다 그에 반해 앨버트로스 평균 시청률 27%에 불과했다.」

「앨버트로스는 초반 시청자 유입이 낮을 뿐, 드라마가 중반에 이르면 시청률이 높아질 것이다. 초반에는 빌드업을 쌓아 나가는 것일 뿐이다.」

댄싱 스타는 불과 2화 만에 30%에 육박하는 시청률을 기록하며 대흥행의 가능성을 선보였다. 2화가 끝나자마자 시청자들이 다음 방영분을 기다린다는 이야기를 내뱉었다.

- 남자가 달리던 운동기구는 어디서 살 수 있는 거냐? 역기를 판매하는 상점에 가서 물어봤는데, 사장도 모른다고 하더라. 왜 돈이 있어도 사지를 못하는 건지 모르겠다.
- 나는 패션학과 학생이야. 아름다운 속옷들이 너무 보기 좋았어. 여주인공이 일하는 상점의 란제리들에서 눈을 떼지 못했다. SF 패션에 이력서를 제출해 봐야겠어.
- 란제리를 입은 마네킹을 보면서 부러워했다. 광고만 봤을 때는 구매할 마음이 없었는데, 드라마를 보니까 구매하고 싶어졌어.
- 난 산타모니카 SF 란제리 상점에 가서 벌써 구매했지. 입어 보니까 정말 좋더라.

드라마의 이야기도 재미있었는데, 중간중간에 미장센으로 등장하는 스카이 포레스트의 상품들이 폭발적인 화제를 만들어 냈다.

댄싱 스타는 탄탄한 작품성과 주인공들의 풋풋한 로맨스로 시청률 상승을 견인하고 있었다.

반면 앨버트로스는 답답한 전개와 개연성 없는 이야기들에 혹평이 쏟아졌다.

드라마 왕국이라는 이야기를 듣고 있던 NBC로서는 울상을 지을 수밖에 없었다. 승승장구하고 있던 NBC 방송국에 댄싱 스타가 찬물을 쫙 끼얹어 버렸다.

댄싱 스타와 계약을 맺지 않은 NBC 드라마 본부장이 문책을 당했다는 소문이 떠돌았다.

적극적으로 나섰으면 드라마 왕국이라는 명성이 있었기에 NBC 방송국이 더욱 유리했던 것도 사실이었다.

그러나 NBC 방송국은 신인 감독과 신인 배우들이 출연한다는 이유만으로 소극적으로 접근하며 댄싱 스타를 놓치는 잘못을 저지르고 말았다.

NBC 방송국으로서는 참으로 뼈아픈 실수였다.

차준후가 산타모니카 해변을 산책한 뒤, 호텔 레스토랑에서 식사를 마치고 곧바로 객실로 올라왔다.

미국에 오고 난 뒤 쭉 호텔에서 지내고 있었는데, 돈만 있다면 홀로 지내기엔 호텔만큼 편한 곳이 없었다.

객실에 들어온 차준후는 이번에 새로이 시작한 신사업들의 이후 방향성에 대한 고민을 정리했다.

대부분의 업무는 각 분야의 전문가인 실무진들에게 맡기고 있었지만, 최종 결재는 대표인 그가 내려 줘야만 했다.

이미 모든 신사업이 나름의 정상 궤도에 올랐지만 이후로도 지속적으로 신경을 써야만 했다. 오늘도 각 사업의 실무진들과 만나 의견을 나누고 퇴근을 한 참이었다.

아직 사업 초창기이기에 대표로서 살펴봐야만 했고, 전문가들끼리 사업적으로 연계를 해야 할 내용들도 많았다.

화장품과 패션, 장신구, 운동기구, 홍보 분야 등 각 분야의 전문가들의 열정이 지나쳐서 치열하게 영역 다툼을 하는 경우도 있었다.

전문가 및 실무진들의 업무를 존중하는 차준후였지만, 직접 핸들링을 해야 하는 부분이 적지 않았다. 벌려 놓은 사업들 때문에 한동안 전문가 및 실무진들과 부대껴야만 하는 차준후였다.

신사업에 대한 방향성을 정리한 뒤에는 머릿속에 있는

쿠데타

미래 지식을 이용한 다음 사업까지 고민을 끝내고서야 차준후는 한숨 돌리기 위해 텔레비전을 틀었다.

텔레비전에서 CBC의 뉴스가 흘러나오고 있었다.

차준후는 이 시대의 정보를 알기 위해 미국의 뉴스 방송을 자주 시청하였다. 세계 패권을 움켜쥐고 있는 미국답게 세계 정치와 경제, 사회, 군사 등에 대해 방송하고 있었다.

뉴스 앵커가 각 분야의 전문가들을 모시고 생방송으로 이야기를 나누는 형식이었다.

「소련이 미국을 추월할 수도 있다고 하는데, 전문가님의 생각은 어떠십니까?」

「미국 경제는 연 3%의 성장을 하고 있는 것에 반해, 소련은 7%의 높은 성장을 보이는 걸로 추정됩니다. 이렇게 계속 진행되면 언젠가 미국과 소련의 경제력이 역전될 수도 있습니다.」

유명한 경제학자가 미·소의 경제력이 역전될 수도 있다고 우려했다.

실제로 두 국가의 성장률을 토대로 단순 계산을 할 경우엔 1970년에는 소련이 미국 경제를 넘어설 것으로 추정됐다.

미국의 경제력은 세계 GDP의 40%를 차지할 정도로 비대해져 있었다. 그러나 다른 개발도상국과 달리 경제 개발이 어느 정도 완성된 미국은 성장률이 다소 정체될 수밖에 없었다.

이러한 전문가들의 분석에 미국인들은 우려를 표했다.

공산권에 대한 공포가 미국 내부에는 상당했다.

"지금 시대 사람들에게 소련은 공포의 대상이겠지."

차준후는 공포의 대상인 소련이 결국 몰락한다는 사실을 알고 있었다.

「자유 진영이 공산 진영과의 대결에서 승리하려면 단결이 필요합니다. 그러나 자유 진영 가운데에는 빈곤과 정치 불안을 겪는 국가들이 많습니다. 그 국가들은 쿠데타가 일어날 가능성이 높으며, 공산 진영으로 전향할 수도 있습니다. 실제로 동남아시아의 여러 국가들에서 불온한 움직임이 보이고 있다고 들었습니다.」

한 전문가가 차분한 음성으로 동남아시아에 대한 의견을 밝혔다.
"우리나라와 관련이 있는 이야기구나."
차준후가 텔레비전의 볼륨을 키웠다.
소파에 등을 기대고 편안하게 전문가들의 이야기에 집중하려고 할 때였다.

「잠시만요. 긴급 속보가 들어왔습니다. 한국에서 쿠데타가 일어났다고 합니다.」

앵커가 심각한 표정으로 이야기했다.
"뭐라고?"
차준후가 크게 놀라서 자신도 모르게 벌떡 소파에서 일어났다.
말도 안 됐다.
군사 쿠데타는 5월 16일에 일어나야 했기에.

「방금 전 전문가님께서 말한 이야기가 들어맞았습니다.」
「한국은 최빈국인 데다가 정치권이 불안해서 쿠데타가 일어날 가능성이 높았습니다. 곪았던 부분이 터져 나온 셈이지요.」
「앞으로 어떻게 될 것 같습니까? 그리고 우리 미국은 어떻게 대처를 해야 한다고 보시는지요?」
「한국이 공산 진영으로 넘어가지 않도록 예의주시하여야만 합니다. 그리고…….」

차준후의 귀에는 더 이상 뉴스의 이야기들이 들려오지 않았다.
너무나도 혼란스러웠다.
뭐가 어떻게 된 건지 이해를 할 수가 없었다.
어두운 터널 속으로 들어간 것처럼 앞이 깜깜해졌다.
띵동! 띵동!
객실 초인종이 울렸다.
공황에 빠진 차준후는 초인종 소리를 제대로 듣지 못했다.
쾅! 쾅! 쾅!
문을 두드리는 소리가 요란하게 울렸다.
"대표님, 안에 계시죠?"

실비아 디온의 목소리가 들려오면서 그제야 차준후가 공황에서 빠져나왔다.

"들어오세요."

"한국에서 군사정변이 일어났어요."

"저도 방금 들었습니다."

텔레비전에서는 전문가들이 계속해서 한국의 쿠데타에 대한 이야기를 나누고 있었다.

"박정하 장군이 쿠데타를 일으켰다고 합니다."

실비아 디온이 조금 더 자세한 쿠데타 소식을 가지고 왔다. 미국 정부를 통해 전해 들은 소식이었다.

미국은 혹시라도 차준후가 쿠데타 소식을 모른 채 한국으로 귀국할 수도 있었기에 보호하려 나섰다.

미국은 박정하 장군의 공산주의자일지도 모른다는 의심을 하고 있었다. 그리고 그걸 떠나서 미국에 이익이 되는 천재를 위험한 대한민국으로 보내고 싶지 않았다.

"아! 결국 그렇게 되었구나."

차준후가 안타까운 탄성을 터트렸다.

올 것이 왔다는 생각이 들었다.

말로 설명할 수 없는 씁쓸한 감정이 밀물처럼 밀려왔다. 몸에서 힘이 쫙 빠지면서 다리의 힘이 풀려 버렸다. 제자리에 서 있지 못하고 무너지려고 했다.

박정하 장군의 쿠데타가 맞았다.

5·16 군사정변이 4·18 군사정변으로 바뀐 것이었다.

왜?

떠오르는 이유는 하나였다.

원 역사가 바뀔 만한 이유는 차준후 그 자신뿐이었다.

바라지 않았던 역사의 변화로 차준후는 무척 혼란스러웠다.

어차피 일어났을 쿠데타가 고작 1개월가량 빨리 일어난 것에 불과했으나, 책임을 느끼지 않을 수 없었다.

"대표님, 괜찮으세요?"

실비아 디온이 재빨리 차준후를 부축하였다.

"……괜찮지 않아요. 제가 잘못한 것 같아요."

차준후의 표정이 일그러졌다.

항상 자신만만하고 여유롭던 차준후였는데, 지금은 금방이라도 쓰러질 것처럼 보였다.

인간은 주변 환경에 영향을 크게 받는다.

지금까지 1960년과 1961년의 가난한 대한민국을 변화시키려 한 차준후는 박정하의 쿠데타 행보를 틀어지게 만들어 버렸다.

그가 바꾸었던 미래 중 어느 것이 쿠데타를 앞당기는 데 영향을 준 것인지는 확실히 알 수 없었으나, 차준후가 벌여 왔던 일들 중 무언가로 인해 쿠데타가 앞당겨진 것은 확실했다.

대한민국을 발전시키려고 한 행보가 쿠데타를 더 빨리 일어나게 했다는 것이 차준후에겐 상처가 될 수밖에 없었다.

"네? 이게 어떻게 대표님의 잘못이에요. 쿠데타를 벌인 건 군인들이잖아요."

"하아!"

차준후가 세상이 무너질 것처럼 깊은 한숨을 내쉬었다.

마치 무거운 원죄의 십자가를 등에 진 것만 같았다.

원래 역사를 알고 있는 사람이라면 손가락질을 할 수도 있는 일이었다.

어차피 자신의 힘으로는 쿠데타를 막을 수 없다는 생각에 차준후는 역사의 흐름에 따르기로 마음먹었었다.

그러나 막상 쿠데타가 벌어지니 어쩌면 군사 쿠데타를 막을 수 있지 않았을까 하는 후회가 밀려들었다.

이 문제는 답이 정해져 있지 않았다.

그러나 오답을 내 버렸다는 생각을 떨쳐 낼 수 없었다.

그러한 차준후의 생각을 알 수 없는 실비아 디온으로서는 차준후의 반응을 이해하기 어려웠다.

"여기 앉으세요. 그리고 물 한 잔 마시고 숨을 돌리세요."

실비아 디온이 냉장고에서 시원한 물을 가져다가 차준후에게 건넸다. 찬물을 마신 차준후는 혼란스럽던 정신이 조금은 깨어나는 느낌을 받았다.

부르르 몸을 떨었다.

현실을 받아들여야 했다.

"제가 어떤 선택을 내려야 했던 걸까요?"

차준후가 막연히 물었다.

답을 얻기 위한 물음이 아니었다. 그저 현실을 받아들이기 위한 자문이었다.

회귀했다는 사실을 밝히지 않는 이상, 누구와도 나눌 수 없는 고민이었다.

앞으로도 홀로 이러한 고민을 떠안고 살아가야 할 터였다.

누군가에게 회귀했다는 사실을 밝힐 수도 있겠지만, 말해 준다고 한들 믿어 줄 사람이 있을지도 의문이었다.

"……어떤 말씀이신지 잘 모르겠어요. 하지만 한 가지는 말씀드릴 수 있어요. 대표님이 어떤 선택을 내리시든 대표님을 믿고 따를 사람들이 있다는 거요."

실비아 디온이 진심을 담아 말했다.

부단히 노력하고 있는 차준후를 바로 옆에서 지켜봤다.

정말 존경스러운 대표였다.

차준후가 무엇을 하든 그의 곁을 떠날 생각이 없는 실비아 디온이었다. 설령 다른 이들은 떠난다 할지라도 자신만큼은 떠나지 않을 것이라고 자신할 수 있었다.

"그렇게 말해 주니 힘이 나네요."

차준후는 서서히 쿠데타의 충격에서 벗어났다.

여전히 어둡고 축축했지만 이제야 빛이라고는 존재하지 않던 터널을 빠져나온 듯했다.

"또 다른 소식이 들어오는 대로 알려 드릴게요."

"부탁해요."

차준후가 억지로 힘을 쥐어짜 냈다.

쿠데타가 일어났다고 해서 무기력하게 있는 건 어리석은 일이었다. 어렵고 힘들 때일수록 노력해야만 한다.

여기에서 축 늘어져 있어 봤자 도움이 되는 것은 하나도 없었다.

쿠데타가 일어났지만 조금 빠를 뿐, 역사의 큰 굴레가 바뀐 건 아니었다.

* * *

4월 18일 대한민국에서 벌어진 군사정변은 커다란 유혈 충돌 없이 정권을 장악하는 데 성공했다.

반란군은 군사혁명위원회라는 최고권력기구를 만들면서 기존의 모든 정치 활동을 금지시켰고, 비상계엄령을 선포함과 동시에 집회 금지와 언론 사전 검열, 국외 여행 불허 등을 발표했다.

또한 부정한 방법으로 재산을 축적한 이들에게서 재산

을 몰수하고 처벌하기 위한 부정축재자 처리위원회를 만들어 냈다.

부정축재자 처리위원회에서는 가장 먼저 11명의 부정축재자 명단을 발표했는데, 전부 경제인들로 구성되어 있었다.

국민들의 지탄을 재벌들의 부정축재로 향하게 만들기 위함이었다.

대한민국 재계 서열의 1, 2위를 다투는 스카이 포레스트의 차준후가 1호 부정축재자로 지목됐고, 2호가 성삼의 이철병이었다.

그런데 차준후는 미국에 머물러 있었으며, 이철병도 일본 기업과 사업을 협의하기 위해 일본으로 나가 있는 상황이었다.

그에 우선 나머지 9명이 부정축재 혐의로 구속되었다.

- 우리 9명이 쌓아 올린 재산은 1호와 2호에 비하면 새 발의 피다.

부정축재 혐의로 구속된 9명의 기업인은 한목소리로 불만을 토로했다.

스카이 포레스트와 성삼의 경영에 부정한 일이 있었는지는 둘째 치더라도, 그 두 기업이 다른 아홉 기업들과 비교조차 할 수 없는 규모인 것은 사실이었다.

언론사들은 스카이 포레스트와 성삼의 부정축재가 사실인지 알 수 없었으나, 서슬 퍼런 군정의 눈치를 보지 않을 수 없었기에 부정축재들로 지목된 경제인들의 이야기를 신문 1면으로 내보냈다.

군사혁명위원회는 진보 성향의 언론사들에게 폐간 명령을 내렸다. 사회 분열을 조장한다는 명목 및 용공분자라는 명목 아래 수많은 언론인이 수감됐다.

살아남은 언론사들은 군사혁명위원회의 나팔수에 불과했다. 신문사들은 군사혁명위원회의 입맛에 맞는 기사들을 내보냈다.

그리고 그런 기사들 가운데 차준후에 대한 이야기들이 있었다.

차준후의 집안이 어떻게 부를 축적해 왔는지 그 과정이 상세하게 보도되었고, 그 기사를 읽은 국민들은 분노를 금치 못했다.

"차준후가 부정축재자야?"

"어이쿠! 많이도 부정축재를 했네. 부정축재를 한 돈으로 사업을 한 거구나."

"이건 차준후가 한 것이 아니라 아버지인 차운성의 잘못이잖아. 부동산 투기하면 재무부 차관인 차운성을 빼놓을 수 없지."

쿠데타 〈239〉

"부를 대물림했다는 잘못을 떠안았다고 봐야지. 연좌제야. 천재인 차준후가 무슨 돈으로 공부를 했겠어? 부모가 벌어들인 돈으로 공부한 거잖아. 이렇게 재산이 많으면 나도 좋은 선생들 데려다가 내 자식들 공부 잘 시킬 수 있어."

"어쩐지 처음부터 사업을 잘해 나간다 싶더니. 부정축재한 돈 덕분이었구나."

"잘못한 부분이 있으면 벌을 받아야지. 애당초 부모가 없었으면 차준후는 존재하지도 않았어."

차준후를 좋아하는 국민들이 많았지만 그만큼 시기와 질시를 하는 사람들도 많았다.

가난으로 오랜 고통을 받았던 한국인들은 부정축재에 무척이나 민감하게 반응했다.

자유당 말기에 벌어진 심각한 부정부패에 부동산 투기도 포함되어 있었다. 정치인, 공무원, 사업가 등 기득권이 엄청난 이득을 챙겼다.

그로 인해 분노한 국민들이 더 이상 참지 않고 이승민을 하야시킨 게 바로 4·19 혁명이었다. 민주주의를 꽃피우기 위해서 국민들이 피 흘린 게 일 년도 채 되지 않됐다.

국민들은 부정부패라면 학을 뗄 정도로 싫어하고 있었다.

"좋은 일을 많이 하는 사업가야. 부모의 잘못을 자식의 문제라고 치부해서는 안 돼."

"맞아. 차준후는 좋은 일을 많이 하고 있어. 그동안 기부한 금액만 따져 봐도 부정축재한 돈을 넘어설 거다."

"차준후 사장님 덕분에 먹고살 수 있게 됐다. 그분을 욕하지 마. 천사처럼 착하신 분이야."

"앞으로 대한민국에 큰 도움이 될 천재를 구속하는 건 바람직하지 않아."

부정축재자들을 향한 비난이 이어지는 가운데, 유일하게 차준후만큼은 옹호하는 사람들이 많았다.

그동안 많은 기부를 했고, 많은 사람을 고용해서 빈곤에서 벗어날 수 있도록 도왔으며, 많은 기업과 협업하면서 경제를 활성화시켰다.

차준후의 덕을 본 국민들이 상당히 많았다.

사실 이 때문에 쿠데타 세력도 차준후를 부정축재자 1호로 지명하는 데 많은 고심을 했을 정도였다.

그러나 부동산 투기로 사업을 시작했다는 사실 때문에 고심 끝에 부정축재자로 지명하였다. 가장 유명한 차준후를 부정축재자에서 제외하면 혁명의 순수성을 의심받을 수도 있다고 판단했기 때문이었다.

부패와 구악(舊惡)을 일소한다는 대의명분으로 움직인 그들이기에 불가피한 선택이었다.

이후 부정축재자들뿐만 아니라 용공분자와 조직폭력배들까지 고작 며칠 만에 수천 명에 달하는 이들이 잡혀갔다.

문제는 그들 중 억울하게 붙잡혀 간 이들도 있다는 것이었다.

대한민국 국민들은 자신도 행동 하나, 말 한마디 트집 잡혀 끌려가진 않을까 두려움에 떨었다.

* * *

갑작스레 벌어진 군사정변으로 대한민국의 정권이 뒤바뀌게 되자, 각국에서는 이에 어떻게 대처해야 할지 고민에 빠졌다.

동맹국인 미국에서는 적극 쿠데타를 진압해야 한다는 의사를 밝혔으나, 내전으로 인한 대규모 유혈 사태를 우려한 대통령이 이를 만류하며 사임 의사를 밝힌 탓에 움직일 수 없었다.

한편 일본은 대한민국에서 벌어진 쿠데타를 무척이나 반겼다.

박정하 장군의 혁명을 필요한 일이었다며 신문 1면에 대서특필하기까지 했다. 박정하 장군이 일본과 인연이 있는 인물이기 때문이었다.

일제강점기 시절, 박정하 장군은 만주의 군관학교를 수석으로 졸업하며 일본의 육군사관학교로 편입할 기회를 부여받아 일본육사를 졸업했다.

일본 언론은 박정하 장군이 일본육사를 우수한 성적으로 졸업했으며, 관동군에 배치되었다는 사실을 거론하며 박정하 장군이 정권을 잡는다면 우호적인 관계를 이어 나갈 수 있으리라 강조했다.

일본은 얻을 게 많은 한국과의 외교 관계가 개선되길 원하고 있었다. 그렇기에 쿠데타를 다각도로 조명하며 어떻게든 긍정적으로 표현했다.

일본 정치권이 쿠데타 세력과 접촉하기 위해서 은밀하게 움직였다.

* * *

차준후는 변함없이 회사에 출근하고 있었다.

대한민국에 쿠데타가 일어났어도 할 일을 해야만 했다. 쿠데타와 상관없이 스카이 포레스트 미국 법인은 쭉쭉 성장하고 있었다.

대표실에서 차준후가 업무를 보고 있었지만 서류의 내용이 눈에 제대로 들어오지 않았다. 발칵 뒤집힌 대한민국과 쿠데타를 생각하면 맥이 탁 풀려 버렸다.

망치로 머리를 두들겨 맞은 듯한 강력한 충격이 여전히 남아 있었다.

그러나 안 좋을 때일수록 잘해야 한다는 걸 알았기에 억지로 힘을 쥐어짰다.

"대표님, 주미국 대한민국 대사가 찾아왔습니다."

"연락도 없이 왔네요."

"만나 주실 때까지 기다리겠다고 하네요. 돌려보낼까요?"

"만나 보죠."

예정에 없던 만남을 좋아하지 않는 차준후였지만 이번에는 주미대사를 만나 보기로 했다. 주미대사가 쿠데타와 관련된 무슨 소식을 들고 왔을지도 모르기 때문이었다.

"반갑습니다. 주미대사 김천일이라고 합니다."

양복을 입은 중년인 김천일은 긴장한 안색으로 대표실로 들어왔다. 그의 얼굴은 무척이나 초췌했는데, 쿠데타 소식을 접하고 심하게 마음고생을 한 모습이었다.

"처음 뵙겠습니다. 차준후입니다. 연락도 없이 오신 이유를 듣고 싶습니다."

차준후가 곧바로 용건을 물었다. 이렇게 연락도 없이 갑자기 찾아왔다면 그만큼 급한 용무가 있는 것이 분명했다.

"군사혁명위원회에서 차준후 대표에게 서신을 보내왔

습니다. 저는 곧 한국으로 돌아갈 예정이라 그전에 서신을 전달드리러 왔습니다."

김천일이 씁쓸하게 웃으며 밀봉된 서신을 꺼내 들었다.

그는 군사정변으로 끈 떨어진 연 신세가 되고 말았다.

군사혁명위원회가 미국과의 외교 관계에서 매우 중요한 위치인 주미대사 자리에 자신들의 사람을 두고자 한 탓이었다.

군사정변으로 잘나가던 외교관으로서의 미래가 송두리째 무너지고 말았다.

"서신이요? 누가 보낸 겁니까?"

"저도 그건 듣지 못했습니다. 서신을 가지고 온 사람도 정확히 누구의 서신인지는 모르는 눈치였습니다. 그렇지만 아마 군사혁명위원회의 높은 사람 중 한 명이지 않겠습니까?"

서신을 건네는 것으로 주미대사로서의 그의 공식적인 업무가 모두 끝났다.

"그렇군요."

차준후가 서신을 건네받았다.

주미대사의 말대로 고급스러운 새하얀 봉투에는 어디에도 보낸 사람이 누구인지 적혀 있지 않았다.

그렇지만 차준후는 어렴풋이 이 서신을 누가 보냈는지 짐작할 수 있었다.

"그보다…… 어느 정도 소식은 들으셨겠지만, 국내 정세가 심각하게 돌아가고 있습니다. 대표님께서는 미국에 머무르시며 상황을 지켜보시는 편이 좋을 것 같습니다. 지금 귀국하면 구속되실 수도 있습니다."

김천일이 조언을 해 줬다.

미국에서 대사로 일해 왔던 그는 다른 한국인들보다 차준후의 업적이 얼마나 대단한 것인지 잘 이해하고 있었다.

스카이 포레스트 미국 법인이 얼마나 많은 달러를 벌어들이는지, 차준후가 대한민국에 얼마나 필요한 인재인지 잘 알았다.

그렇기에 김천일은 차준후에게 문제가 생기질 않길 바랐다.

그러나 차준후는 고개를 가로저었다.

"언제까지 피하기만 할 수는 없지 않겠습니까."

"재산을 몰수하려 들 수도 있습니다. 앞서 구속된 경영인들 중 몇몇은 부정축재자 처리위원회에서 주장하는 부정축재액만큼 국가에 반환하기로 한 뒤에야 풀려났다고 합니다."

"그 또한 어쩔 수 없는 일이죠."

차준후는 비록 자신이 부정축재자 1호로 몰렸지만, 부정축재자들에게서 부정 이득을 환수해야 한다는 것엔 이의가 없었다.

부정축재자들 가운데에는 정권과 결탁하여 많은 이득을 누린 악덕 기업인들도 포함되어 있었다. 사회악인 그들에게도 몰수한 재산은 대한민국의 발전을 위해 쓰이게 될 것이었다.

또한 스카이 포레스트가 아버지 차운성의 부동산 투기로 벌어들인 재산으로 세워진 회사임을 부정할 생각도 없었다.

쿠데타를 역사의 흐름에 맡기기로 한 순간부터 이런 일이 벌어질 수도 있음을 이미 예상하고 있었기에 차준후는 침착할 수 있었다.

"절대 대한민국을 떠나시면 안 됩니다!"

김천일은 차준후의 지나치게 초연한 모습에 혹시나 대한민국에서의 사업을 정리한 뒤, 미국에 정착하려는 것이 아닐까 착각했다.

그가 무슨 오해를 했는지 알아차린 차준후는 쓴웃음을 지었다.

"그럴 생각은 없습니다. 그저 부정축재자들을 청소할 필요가 있다는 데엔 찬성한다는 것뿐이었습니다."

부정축재자 처리위원회에서 스카이 포레스트에 얼마나 부정축재액을 부과할지는 알 수 없었지만, 어느 정도의 금액이든 미국 법인에서의 신사업과 향후 LNG 사업으로 벌어들일 돈을 생각하면 그 정도는 아무것도 아니었다.

 얼마를 국가에 환수하든 그 정도는 금방 벌어들일 자신이 차준후에겐 있었다.

 국가에 환수되는 돈이 쓸모없는 데 쓰이지 않고, 나라의 경제 발전에 쓰인다면 그 또한 나쁜 일은 아니라고 생각했다.

 "휴우! 다행이네요. 정말 깜짝 놀랐습니다."
 "제 조국은 대한민국입니다. 대한민국을 떠날 생각은 결코 없습니다."

 차준후는 뼛속까지 한국인이었다.

 부당한 일을 겪었다고 해서 나라를 버릴 생각은 추호도 없었다.

 하지만 참는 건 한 번뿐이었다.

 만약 이후에도 스카이 포레스트를 계속 건드린다면?

 그때는 차준후도 어쩔 수 없었다.

 조국이 아닌 다른 나라의 살찌우고 싶은 생각은 없었지만, 자신의 애국심을 스카이 포레스트에 재직하고 있는 수많은 임직원들에게 강요할 수는 없었다.

 "지금처럼 부디 대한민국을 소중하게 여겨 주세요. 조국에는 차준후 대표가 꼭 필요합니다. 그걸 당부하기 위해 왔어요."

 김천일이 간곡하게 부탁했다.

지금 쿠데타로 인해 대한민국이 흔들리고 있는데, 세계적인 사업가인 차준후를 잃는다면 그야말로 큰일이었다.

'조국을 사랑하는 외교관이구나.'

김천일을 바라보는 차준후의 시선이 확연히 달라졌다.

처음에는 끈이 떨어진 김천일이 구명을 위해 달려왔거나 군사혁명위원회의 지시 때문에 온 것일 수도 있겠다 여겼다.

그러나 아니었다.

김천일은 자기 보신보다 나라를 더욱 생각하는 애국자였다.

"걱정하지 마십시오."

"고맙습니다. 이제 안심하고 한국으로 돌아갈 수 있겠네요."

비로소 김천일이 환하게 웃으며 안도했다.

한 번쯤 차준후를 만나고 싶었는데, 이런 일로 만나서 아쉬웠다. 그래도 조국을 사랑하는 차준후의 마음을 알게 되어서 참으로 기뻤다.

"보중하세요. 좋은 날이 올 겁니다."

"차준후 대표도 보중하세요. 할 말은 다 전했으니 이만 가 보겠습니다."

김천일이 의자에서 일어났다.

"귀국은 언제 하십니까?"

"즉시 귀국하라는 지시를 받아 곧바로 공항으로 향할 예정입니다. 아마 대표님의 상황과 미국 정부의 분위기가 어떠한지 한시라도 빨리 듣고 싶은 거겠죠."

"지금 바로 가신단 말입니까? 음…… 그러면 제가 이용하는 전세기가 있는데 그걸 타고 가도록 하세요."

"아이고, 괜찮습니다. 그러실 필요 없습니다."

"아닙니다. 저를 위한 조언까지 해 주셨는데 받기만 한다면 마음이 불편해서 제가 안 됩니다."

차준후는 전세기를 무조건 빌려줄 생각이었다. 대한민국을 사랑하는 외교관을 편하게 보내 드려야 하지 않겠는가.

김천일은 그제야 빈말이 아니라는 걸 깨달았다.

울컥했다.

"고맙소이다. 신경을 써 줘서 정말로 고맙소이다."

김천일의 눈매가 붉어졌다.

대사관으로서 잘나갈 때가 아닌, 바닥으로 내리꽂힐 때 내밀어 준 손길이었기에 차준후의 따뜻한 배려가 더욱 마음에 와닿았다.

"한국으로 돌아가면 연락드리겠습니다. 같이 식사 한 번 하시죠?"

차준후가 김천일과 다음을 기약했다.

"재계의 총수들도 차준후 대표와 식사를 하기 어렵다

고 들었는데 정말 영광입니다. 간절한 마음으로 기다리겠습니다."

차준후와의 식사는 아무나 할 수 있는 일이 아니었다.

차준후가 신경을 쓰거나 인정해 주는 사람들만 함께 식사할 수 있다는 이야기들이 퍼지고 있었다.

차준후와 식사를 한 사람들은 그걸 은근히 자랑하였고, 실제로 많은 사람들이 부러워했다. 차준후와의 한 끼 식사는 유무형적으로 많은 의미를 내포하고 있었다.

김천일이 떠나갔다.

홀로 남은 차준후가 잠시 사색에 잠겼다가 밀봉된 서신을 뜯었다.

"역시 박징하 장군이 보내온 시신이구나."

짐작이 틀리지 않았다.

서신은 군사혁명위원회의 부의장직을 맡고 있지만 사실상 수장인 박정하 장군이 직접 작성한 것이었다.

서신에는 대한민국을 재건하기 위해 쿠데타를 벌인 정당성을 이야기하고 있었다.

국민의 생명과 재산을 보호하기 위해 혼란스러운 정국을 타개하려고 군인들이 일어섰으며, 차후에는 다시 군인으로 돌아가겠다는 이야기들이 곳곳에 보였다.

부정축재자 처벌에 대한 박정하의 소신이 강렬한 글씨체로 적혀 있었다. 그러면서 군사혁명위원회는 스카이 포레스트와 협력할 의사가 있다고 분명히 밝혔다.

"경제제일주의를 추진하겠다고? 중공업을 육성하겠다는 마음을 일찌감치 가지고 있었구나."

빨리 귀국하여 부정축재 문제를 해결하고, 사업에 매진하여 대한민국에 보탬이 될 수 있었으면 한다는 글귀를 마지막으로 서신은 끝났다.

차준후가 편지를 가만히 내려놓았다.

"바로 가고 싶어도 그럴 수가 없는데……."

현재 차준후는 출국 금지 상태였다. 혹여나 쿠데타 세력이 차준후에게 해를 가할까 우려한 미국이 그를 보호하기 위해 출국 금지를 내린 것이었다.

차준후의 안전이 확실히 보장되기 전까지는 그가 대한민국으로 돌아가는 것을 결코 허용할 생각이 없었다.

지금 이 순간에도 미국은 차준후로 인해 막대한 경제적 이득을 누리고 있었다.

더 이상 팽창하기 어려울 것 같다는 미국의 세계 경제 점유율을 차준후가 슬금슬금 늘려 줬다.

거대한 미국 경제에 영향력을 끼칠 수 있는 기업은 전 세계를 뒤져 봐도 많지 않았다. 미국에 큰 도움이 될 스카이 포레스트이기에 각별히 신경 쓸 수밖에 없었다.

어찌 보면 이번 쿠데타는 미국에게 있어 기회이기도 했다. 차준후가 미국에 눌러앉게 만들 수 있는 기회.

물론 덴마크처럼 미인계 같은 졸렬한 방법을 쓸 생각은 아니었다.

아니, 정확히 쓸 수 없다는 게 맞을 터였다.

미국이 덴마크를 주시했듯, 덴마크 정보부를 비롯한 여러 유럽 국가들도 미국을 주시하고 있었다.

자칫 섣부르게 움직였다가는 덴마크처럼 역풍을 맞을지도 몰랐다.

그에 미국은 우선 차준후를 보호한다는 명분하에 출국 금지 조치를 취한 후 조심스럽게 방법을 강구하는 중이었다.

차준후로서는 다소 당황스럽긴 했지만, 미국 정부에 나쁜 뜻이 없다는 걸 이해했기에 별다른 불만을 표현하진 않았다.

"실비아 비서실장님, 할 이야기가 있으니 잠시만 와 주세요."

차준후가 박정하 장군의 서신에 대해서 의논하기 위해서 인터폰으로 실비아 디온을 찾았다.

실비아 디온은 미국 정부와 긴밀히 소통하며 스카이 포레스트의 사업에 큰 도움을 주고 있었다. 미국에서 차준후를 보호하기 위해 출국 금지 명령을 내렸다는 사실을 전해 준 것도 그녀였다.

쿠데타가 1개월 앞당겨졌듯이 미국 정부의 방침 또한

원 역사와는 다르게 흘러갈지도 몰랐다.

미국 정부와 긴밀하게 소통하고 있는 실비아 디온과 이번 사태에 대해 논의해 볼 필요가 있었다.

잠시 후 실비아 디온이 문을 열고 대표실에 들어섰다.

"군사혁명위원회의 박정하 장군이 서신을 보내왔어요."

"이번 쿠데타의 주동자 말이군요."

"예. 실비아도 한번 읽어 보세요."

차준후가 실비아 디온에게 서신을 넘겨줬다.

서신을 건네 받은 실비아 디온이 빠르게 서신을 훑었다.

"전반적으로 우호적인 태도를 보이는 듯하지만, 결국은 대표님을 부정축재자로 낙인찍고 있군요."

실비아 디온이 미려한 눈썹을 찌푸렸다.

부정축재자?

차준후는 스카이 포레스트를 운영함에 있어 조금의 부정도 저지르지 않았다.

물론 스카이 포레스트가 세워지는 데 아버지 차운성에게 물려받은 재산을 사용했으니 전혀 연관이 없다고 말할 수는 없겠지만, 그렇다고 차준후에게 죄를 묻는 건 잘못됐다고 생각하는 실비아 디온이었다.

부정축재를 저지른 건 어디까지나 차운성이었고, 차준후에게 연좌제를 적용해서는 안 된다고 여겼다.

그러나 이 당시의 대한민국은 연좌제를 공공연하게 펼

치고 있었다. 부모의 잘못이 고스란히 자식들의 삶에 영향을 크게 끼쳤다.

일례로 공산주의자로 낙인찍힌 부모의 자식은 공부를 잘해서 좋은 명문대를 나와도 공직에 몸을 담기 어려운 시절이었다.

"저는 제가 부정축재의 이득을 누렸다는 사실까지 부정할 생각은 없습니다. 그러니 그 문제는 실비아도 더 이상 신경 쓰지 마세요."

차준후는 설령 자신이 구속이 된다 할지라도 받아들일 생각이었다.

부정부패 척결은 군사혁명위원회가 국민들의 지지를 받을 수 있는 대의명분이었다.

그 대의명분이 무너지지 않기 위해서라도 대한민국 재계 1위를 다투는 스카이 포레스트의 대표인 자신을 예외로 둘 순 없다는 건 차준후도 충분히 이해하고 있었다.

부정부패를 척결하려는 과정에서 누군가만 예외로 해주고 특혜를 준다?

대의명분조차 잃은 군사혁명위원회는 지금 이상으로 국제사회의 비난을 피할 수 없을 테고, 그것은 곧 쿠데타의 실패로 이어질 수밖에 없었다.

"구속된다고 해도 머지않아 풀려날 겁니다."

차준후는 이미 자신이 구속될 상황 또한 이미 대비하고

있었다. 회귀하고 난 뒤 쉴 틈 없이 달려왔는데 나름 편안하게 시간을 보내는 것도 괜찮아 보였다.

원래 역사에서 부정축재자 1호였던 이철병은 호텔에만 짧게 머무르다가 풀려났다. 이철병보다 못한 대우를 받을 이유가 하나도 없었다.

"그렇게 말씀하실 줄 알고 어떻게든 대표님의 구속은 피하기 위해 방법을 알아보는 중이었어요. 최악의 경우 대표님께서 구속이 되신다 하더라도 형식적인 절차 정도로 매듭지어질 수 있도록 특별 격리 수용에 대해 미국 정부와 논의 중이에요."

실비아 디온은 차준후를 성격을 잘 알았기에 미리 움직였다.

역시 명석하고 뛰어난 비서실장이었다.

"특별 격리 수용이요? 혹시 호텔을 이야기하는 겁니까?"

"맞아요. 구속이 되신다 하더라도 구치소에 수감되시는 게 아니라 호텔에 머무르실 수 있도록 알아보고 있어요."

"신경써 줘서 고마워요."

차준후는 그 어느 때보다 분주하게 움직이며 챙겨 주는 실비아 디온이 기특했다.

"비서실장인 제가 당연히 해야 할 일이랍니다. 대표님을 절대로 구치소에 보내지 않을 거예요."

실비아 디온은 차준후가 구치소에 수감되는 것만큼은

참을 수 없었다.

연좌제로 차준후가 대가를 치러야 한다는 것도 탐탁지 않은데, 저지르지 않은 죄로 구치소에 수감까지 되어야 한다는 건 받아들일 수 있는 문제가 아니었다.

군사혁명위원회에서 이조차 승낙하지 않는다면 어떻게든 차준후를 설득해 대한민국으로의 귀국을 막을 생각이었다.

비서실장으로서 모시는 분에 대한 최소한의 기준선이었다.

"이 서신 내용을 미국 정부와 관계 부처에 전달해도 되나요?"

"네, 그렇게 하세요. 미국 측에서도 상황을 파악하고 있어야 대응하기 편할 테니까요."

이 정도는 이미 미국에서도 파악하고 있을 내용이겠지만, 혹시 모르는 일이니 전달해 둬서 나쁠 건 없었다.

"아, 그리고 미국 국방부에서 대한민국 영해로 항공모함을 움직이기로 했어요. 군사혁명위원회에서도 결코 도를 넘어서는 행위는 하지 못할 거예요."

"항공모함을요?"

"미국 경제에 혼란을 가져올 수 있는 행위는 용납하지 않겠다는 일종의 경고죠."

스카이 포레스트는 미국 경제에 큰 영향을 끼치는 기업

이었다. 그런 기업을 건드린다는 건 미국을 건드리는 것이나 다를 바 없다는 것이었다.

항공모함의 이동은 정치·군사적인 면이 보다 강했다.

미국 정부는 대한민국의 쿠데타를 인정하는 쪽으로 방향을 잡았지만 만약의 사태가 발생할 경우를 대비하고 있었다.

북한과 대치하고 있는 남한에는 불안한 요소가 많았다.

공산 진영에게 허튼짓을 하지 말라는 선포인 동시에, 쿠데타 세력들에 대한 경고였다. 언제라도 쿠데타를 진압할 수 있게 주한미군과 항공모함이 대기하고 있었고, 그건 쿠데타 세력에게 커다란 공포였다.

쿠데타를 통해 권력을 잡은 군인들은 미국과 긴밀하게 연락을 취하고 있었다.

"정말 화끈한 지지네요."

차준후가 항공모함의 이동을 반겼다.

다소 지나친 감이 없지 않았지만, 덕분에 구치소 생활을 면할 확률은 높아질 듯했다.

* * *

5월 1일, 차준후가 귀국하는 날이었다.

물밑에서 군사혁명위원회와 차준후의 안전에 대한 협

상을 끝마친 미국은 출국 금지를 풀어 줬다.

전세기가 LA공항에서 날아올랐고, 비행기가 김포공항에 도착한 것은 한밤중이었다.

비행기가 멈춰 서자마자 군복을 입은 사내들이 트랩을 뛰어 올라왔다. 비행기 안으로 십여 명의 군인이 밀려들었다.

"부정축재자 처리위원회 소속 최주일 대위입니다. 지금부터 제가 차준후 대표님을 모시겠습니다. 함께 가시죠."

그때였다.

"물러서시오."

마이크가 영어로 말하면서 최주일의 접근을 차단했다.

경호원들이 차준후의 안위를 보호하기 위해 나섰다.

기내에서 최주일을 비롯한 군인들과 차준후의 개인 경호원들이 첨예하게 대치했다.

차준후의 경호원들은 사전에 이러한 상황이 벌어질 수 있음을 고지받았지만, 그래도 주어진 책무를 다하기 위해 군인들의 앞을 막아섰다. 경호원들과 군인들의 대치가 이어졌다.

대치 시간은 길게 이어지지 않았다.

비행기에 기세 좋게 올라왔던 최주일이 나서서 상황을 설명했다.

"차준후 대표님의 신변을 억압하려는 것이 아닙니다. 대표님께서도 대중들의 시선에 노출되는 건 피하시는 게 좋지 않을까 판단되어, 곧바로 저희 측에서 준비해 둔 호텔로 모시기 위해 찾아온 것입니다."

그러한 설명에 차준후가 의아함을 표했다.

호텔로 간다는 건 이미 조율이 되었지만 입국 수속이 없다는 건 고지를 받지 못했다. 비행기가 태평양을 건너올 때 군사혁명위원회에서 갑작스럽게 별도로 내린 결정이었다.

"어차피 입국 수속은 밟아야 하는 거 아닙니까?"

"입국 수속은 저희가 알아서 처리해 드릴 테니 곧바로 준비된 차량을 타고 호텔로 이동하시면 됩니다. 협조 부탁드립니다."

최주일이 부드럽게 이야기했다.

차준후가 고개를 끄덕였다.

입국 수속을 따로 밟지 않고 편안하게 입국할 수 있는데다가, 알아서 호텔까지 태워다 주겠다는데 거절할 이유는 없었다.

"알겠습니다. 그렇게 하시죠."

제9장.

기부채납

기부채납

차준후는 경호원들을 물러나게 했다.

"감사합니다."

최주일이 안도의 한숨을 내쉬며 고마워했다. 막중한 임무를 해결하지 못해서 하마터면 인생이 꼬일 뻔했다.

공항 활주로에는 군용 차량들이 대기하고 있었다.

군사혁명위원회는 차준후의 귀국을 극비로 취급하고 있었다. 차준후와 부정축재에 대한 협의가 마무리되기 전까지는 국민들에게 알리지 않을 작정이었다.

혹시라도 있을 불협화음 및 잡음을 극도로 경계하는 것이었다. 쿠데타가 성공하였지만 아직까지 불안한 부분이 없다고 할 수 없었다.

"출발!"

차준후는 실비아 디온과 함께 지휘관들이 타는 지프차에 탑승했다.

차준후를 태운 지프차는 공항을 빠져나가 명동 거리로 향했고, 이내 명동의 플라톤 호텔에 도착했다.

호텔 주변에는 군인들이 삼엄한 경계를 펼치고 있었다.

"정지! 멈추십시오."

"부정축재자 처리위원회 소속 최주일 대위다. 빨리 바리케이드 치워."

"알겠습니다."

미리 최주일의 호텔 방문을 전해 들은 병사가 곧바로 바리케이드를 치웠다.

"여기서 머무르고 계시면 됩니다."

"전화기를 사용하고 싶네요."

"알겠습니다. 전화기를 가져다 드려."

최주일의 지시에 병사가 전화기를 가져다줬다.

차준후가 치워 둔 전화기를 찾을 경우엔 그냥 바로 가져다주라는 상부의 명령이 있었다.

"편히 머무르고 계십시오. 대기하고 계시면 내일 부정축재자 처리위원장이신 이사정 장군님이 방문하실 겁니다. 저는 이만 물러가겠습니다."

차준후에게 배정된 객실의 양옆에 실비아 디온과 경호원들이 투숙했다. 마이크와 채주봉은 객실로 들어서지 않고 차준후의 객실 앞에서 군인들과 마주한 채 혹시 모를 상태를 대비했다.

"잘 지내고 계셨습니까?"

차준후가 곧바로 전화기를 사용했다.

- 대표님, 돌아오셨습니까?

문상진의 목소리가 들려왔다.

늦은 시간이었지만 용산의 스카이 포레스트 전무실에는 불이 꺼져 있지 않았다.

이번 쿠데타로 인해 스카이 포레스트는 홍역을 앓아야만 했다. 회사의 얼굴인 차준후 대표가 부정축재자 1호로 올라섰기 때문이었다.

그로 인해 문상진 전무는 집에도 세내로 들어가시 못하고 회사에서 숙식하는 날이 길어졌다.

직원들도 앞으로 스카이 포레스트는 어떻게 되는 것인지 걱정이 많았다.

- 괜찮으십니까?

"저는 호텔에서 편하게 지내고 있으니 걱정하지 않으셔도 됩니다."

유럽으로 떠난 뒤에 듣지 못한 목소리를 듣자 차준후는 무척이나 반가웠다.

- 다행이네요. 혹시 군인들이 거칠게 행동하진 않을까 많이 걱정했습니다.

"저는 물론이고, 회사도 걱정하지 않으셔도 됩니다. 제가 다 잘 해결할 테니 걱정하지 말고 기다리세요."

차준후는 문상진을 안심시키곤 이런저런 이야기를 주고받았다.

그렇게 밤이 지나갔다.

* * *

군사혁명위원회는 국가재건최고회의로 이름을 바꾸었고, 곧바로 사실상 헌법을 초월하는 국가재건비상조치법이라는 법령을 공포하였다.

국가재건비상조치법은 기존의 국회가 해산되면서 상실한 기능을 국가재건최고회의에서 대신하여 권한을 행사할 수 있도록 하여 입법권을 장악할 수 있게 만들었다.

그렇게 법적으로도 완벽히 정권을 장악한 국가재건최고회의는 언론 사전 검열을 넘어서서 1200여 종이 넘는 정기간행물 폐간시키며 언론까지 철저히 통제하려 했다.

정치인, 언론인, 공무원 등 직업 불문하고 모든 한국인이 국가재건최고회의의 압박에서 자유롭지 않았다.

심지어 같은 군인들끼리도 군사정변에 동참했던 군인들의 눈치를 봐야만 했다.

그리고 5월 2일.

부정축재 처리위원장인 이사정 장군이 차준후가 머무르는 호텔로 찾아오기로 되어 있었는데, 아무리 기다려도 그는 오지 않았다.

"어떻게 된 겁니까?"

꼬박 하루를 기다린 차준후가 답답한 마음에 최주일에게 물었다.

그러자 최주일이 난색을 표하며 답했다.

"조금만 더 기다려 주십시오. 이사정 장군님이 아닌 다른 분께서 대표님과 만나 뵙기를 원하셔서 예상보다 시간이 지체되었습니다."

"다른 분이요? 누가 저를 만나고 싶어 하시는 겁니까?"

"박성하 상군님이십니다."

차준후는 두 눈을 크게 떴다.

언젠가는 만나게 될 거라 예상했지만 이렇게 갑자기 만나게 될 줄은 몰랐다.

"알겠소. 그러면 방에 신문이라도 넣어 주십시오."

"알겠습니다."

잠시 후 신문들을 건네받은 차준후가 눈살을 찌푸렸다.

모든 신문에서 군사정변을 혁명이라며 찬양하고 있는 탓이었다. 사전 검열을 받은 뒤에 발행된 기사들의 내용은 제대로 된 것이 아니었다.

차준후는 한숨을 내쉬고는 신문을 덮었다.

그렇게 하루가 또 지나갔다.

다음 날 아침 최주일의 안내에 따라 차준후와 실비아 디온은 지프차를 타고 다른 곳으로 이동했다.

그리고 이내 도달한 곳에는 역시나 군인들이 삼엄한 경계를 펼치고 있었다.

"정지. 어떻게 오셨습니까?"

"최주일 대위다. 차준후 대표를 모시고 왔다."

"옆에 분은 누구입니까?"

"차준후 대표의 비서실장이다. 동행자가 있다고 이미 통보해 뒀다."

소총을 들고 있는 군인이 매서운 눈길로 지프차 내부를 살폈다.

"잠시 하차하여 주십시오. 몸수색을 해야겠습니다."

차준후를 남자 군인이, 미리 대기하고 있던 여성이 실비아 디온의 몸수색을 철저하게 하였다. 차량의 트렁크까지 꼼꼼히 검색하며 만일의 사태를 대비하는 군인들의 태세가 무척이나 삼엄했다.

"아무 이상 없습니다."

"통과하십시오."

아주 꼼꼼한 검문이 끝나고서야 드디어 차량이 바리케이드를 지날 수 있게 됐다.

"불쾌하게 생각하지 말아 주십시오. 시국이 혼란하다

보니 경계를 철저히 할 수밖에 없습니다."

최주일이 이해를 부탁했다.

국가재건최고회의가 완전히 정권을 장악했지만, 내부적으로는 아직 권력 쟁탈전이 치열하게 벌어지고 있었다.

그 탓에 현재 박정하를 직접 대면할 수 있는 인물은 많지 않았다.

바리케이드를 통과해 들어간 건물 곳곳에도 군인들이 경계를 서고 있었고, 심지어 장갑차까지 보였다.

"반공청년단 녀석들을 사로잡는 건 어떻게 됐나?"

"용공분자들은 모조리 잡아들여!"

"기사들은 하나도 빼놓지 말고 검열해. 조금이라도 이상한 부분이 있으면 모조리 배제해."

비서실이라고 적혀 있는 실내에는 수십 명의 군인이 매우 분주하게 움직이고 있었다. 그들이 바로 박정하의 수족처럼 움직이는 보좌진들이었다.

그리고 그들을 진두지휘하는 비서실장이 훗날 포항철강의 회장을 역임하는 박태주였다.

"충성! 차준후 대표를 모시고 왔습니다."

"수고했네. 밖에서 대기하고 있게나."

"알겠습니다."

최주일이 거수경례를 하고 물러났다.

안으로 들어서자 차준후와 실비아 디온이 눈에 확 띄었

다. 그도 그럴 것이 지금 두 사람을 제외하고는 모두 군복을 입은 군인들뿐이었다.

쿠데타에 가담한 주요 군인들이 모여 있는 장소였다.

지금 시점에서 대한민국에서 가장 용담호혈이라고 할 수 있었다. 민간인이 이곳을 방문한다는 건 대단히 큰 의미가 있었다.

"장군께서 독대를 원하고 계십니다. 실비아 양은 잠깐 밖에서 머무르고 계셔야겠습니다."

실비아 디온은 박태주도 껄끄러운 상대였다.

주한미군 장군의 딸이라는 걸 알고 있었기 때문이었다. 장군의 딸을 괜히 잘못 건드렸다가는 주한미군이 움직일 수도 있는 일이었다.

"어떻게 할까요?"

실비아 디온이 박태주가 아닌 차준후를 바라보았다. 그녀는 군인의 명령이 아닌 차준후의 지시를 기다렸다.

"잠시만 밖에서 기다려 주세요."

"네. 대기하고 있을게요."

차준후가 독대를 받아들였다. 그는 실비아 디온과 떨어져서 박태주와 함께 안쪽으로 움직였다.

집무실에는 검은 선글라스를 쓴 박정하가 서류들을 살펴보고 있었다.

한국인들에게 무척이나 익숙한 그 모습!

머리를 짧게 자른 채 군복을 입고 있는 모습이 무척이나 강단 있게 보였다.

한국 현대사에서 빼놓을 수 없는 인물인 박정하가 바로 차준후의 눈앞에 있었다. 영상과 사진만으로 본 박정하와 같은 공간에서 있다는 자체가 무척이나 이상한 기분이었다.

"스카이 포레스트 차준후 대표를 모시고 왔습니다."

"수고했네."

"물러가겠습니다."

박태주가 나가고 집무실에는 두 사람만 남았다.

"고생은 하지 않으셨소?"

박정하가 부드럽게 말을 걸어왔다.

"편하게 왔습니다."

"공항까지 나가고 싶었지만 공무가 많아 마중을 하지 못했소이다. 자! 앉아서 이야기를 나눕시다."

박정하가 의자에서 일어나 소파에 앉았다.

뒤이어 차준후도 박정하의 맞은편에 앉아 그를 마주 바라보았다.

차준후가 자리에 앉자 박정하가 거두절미하고 본론을 꺼내 들었다.

"부정축재자들의 처벌 문제에 대해 어떻게 생각하시오?"

"처벌해야 합니다."

차준후가 고민하지도 않고 이야기했다.

부정축재에 대해 일찌감치 생각한 것도 있었지만 평소의 가치관에 따른 결정이었다. 이 부분은 그가 차준후의 육신에 들어왔다고 해서 바뀔 문제가 아니었다.

"그대가 1호인데도 말이오?"

박정하가 의외라는 반응을 보였다.

"부정축재를 쌓은 이들을 벌하는 건 전 국민의 의사입니다. 그리고 단순히 국민들의 소망이기 이전에, 대한민국의 발전을 위해서도 한 번은 털어 내고 가야 할 문제입니다."

차준후가 기탄없이 속내를 밝혔다.

누군가 이득을 취하면, 누군가는 손해를 보는 것이 세상의 이치였다.

그런데 그 이득이 부당한 방법은 얻어진 것이라면?

손해를 본 사람 또한 그 부당함에 억울하게 피해를 본 게 되는 것이었다.

그것은 있어선 안 되는 일이었다.

대한민국의 사회 경제를 위해서는 불평등을 야기하는 부정을 척결하고, 투명하고 공정한 경쟁을 할 수 있도록 만들어 주어야만 했다.

"의뢰로군. 솔직히 아무 죄가 없다고 말할 줄 알았소."

박정하가 재미있다는 듯 미소를 짓고 있었다.

지금껏 잡혀 온 부정축재자들은 자신들은 죄가 없다고 말하며 사면해 달라 주장했다.

"부정축재는 변명할 수 없는 잘못입니다. 어떤 이유를 붙이든 구차한 변명일 뿐이지요."

"차준후 대표가 어렵게 쌓은 재산을 국가에 반환해야 할 텐데 그것도 괜찮다는 것이오?"

"최대한 정부의 뜻에 협조하겠습니다. 단, 부정축재자들을 처벌함에 있어 명확한 기준이 필요하다는 점을 말씀드리고 싶습니다."

"명확한 기준이라…… 대표께서는 어떤 기준이 필요하다고 생각하시오?"

박정하가 흥미를 드러냈다.

"경제인들을 향한 무조건적인 탄압은 도리어 대한민국의 경제를 위축시킬 겁니다. 자신의 배만 불리는 경제인들은 엄격하게 처벌하되, 국가의 발전에 기여하고 근로소득을 끌어올리는 기업에겐 조금의 관대함이 필요하다고 생각합니다."

차준후는 경제와 관련된 사안 외에는 언급하지 않으려고 노력했다.

정치적인 문제에 있어서는 딱히 박정하를 옹호하지도 않았고, 가능한 얽히고 싶지도 않았다.

쿠데타에 어떠한 개입도 하지 않은 것은 그저 자신이

나서서 역사를 바꿀 수 있는 문제가 아니라고 판단했을 뿐, 그를 지지하기 때문은 결코 아니었다.

차준후의 말이 끝나자 박정하는 웃음을 머금었다.

"역시 차준후 대표는 내가 생각했던 대로의 사람이구려. 그건 걱정하지 마시오. 무작정 재산을 모두 몰수한다든지 그런 일은 없을 것이오."

박정하는 이미 나름의 기준을 세워 부정축재자들에게 반환금을 책정할 계획이었다. 그리고 그것만 원만히 협의가 된다면 곧바로 사면해 줄 생각이었다.

"그렇다고 너무 관대함을 보이셔도 안 됩니다. 다시는 부정축재를 할 생각을 하지 못하게끔 확실히 하실 필요는 있습니다."

차준후는 부정축재에 대한 엄벌이 필요하다고 봤다.

대한민국은 기득권자들에게 지나치게 유리했다.

부정축재로 많은 이득을 누리다가 걸려도 토해 내는 건 무척이나 적었다. 형벌이 지나치게 가벼웠다.

이런 솜방망이 처벌이 기득권자들이 법을 두려워하지 않고 계속해서 부정부패를 저지르게 만드는 원인 중 하나였다.

이는 대한민국을 좀먹는 일이었다.

일찌감치 잘못된 부분은 확실하게 도려내고 가야만 했다.

"그러면 차준후 대표가 내야 할 돈도 많아지지 않겠소?"

"예외가 있어서는 안 되겠죠. 아니, 1호로 지명된 만큼 더욱 본보기가 되어야만 합니다."

차준후는 입가에 미소를 띤 채 준비해 왔던 제안을 꺼내 들었다.

"스카이 포레스트는 반환금을 대신하여, 국내에 대규모 비료 공장을 세워 국가에 기부채납을 하겠습니다."

차준후가 충격적인 제안을 던졌다.

1960년대의 대한민국은 농업이 절대적인 비율을 차지하고 있었다.

그런데 농사에 필수불가결한 비료를 거의 전량 수입에 의존하고 있는 탓에, 해외의 원조 자금 중 절반 가까이를 비료 수입에 사용하고 있었다.

충주와 나주에 새롭게 비료 공장이 건설되고 있었지만, 이것들이 가동된다고 해도 연간 소비량을 감당하기엔 턱없이 부족했다.

비료의 자급자족은 대한민국의 농업을 넘어서, 대한민국 경제 발전을 위한 과업이었다.

"대규모 비료 공장이라고 하셨소?"

박정하가 깜짝 놀랐다.

전대 대통령들도 비료 문제에 대해선 인지하고 있었지

만, 당장 돈이 필요한 문제가 한두 개가 아닌 탓에 좀처럼 비료 공장을 확충하지 못했었다.

그런데 스카이 포레스트에서 대규모 비료 공장을 세워 기부채납을 해 준다면, 그동안 비료 수입에 사용되던 비용을 다른 곳으로 돌려 경제 발전을 앞당길 수 있었다.

이는 무척이나 희소식이었다.

다른 이가 말했다면 진의를 의심했을지도 모르겠지만, 제안을 꺼낸 것이 다름 아닌 스카이 포레스트의 차준후였다.

다른 기업이라면 몰라도 스카이 포레스트에게는 충분히 그 제안을 실현시킬 만한 자본력이 있었다.

지금 스카이 포레스트가 미국에서 벌어들이고 있는 막대한 달러를 사용하면 비료 공장을 건설하는 비용을 충분히 충당할 수 있었다.

"그렇습니다. 대규모 비료 공장을 짓기 위해 필요한 비용이 대략 4천만 달러 정도로 추정되더군요. 기부채납으로 대신하는 것을 받아들여 주신다면 가능한 빨리 공장 건설을 진행해 보겠습니다."

그동안 정부가 나서도 해결하지 못했던 문제를 해결해 주겠다고 하고 있었다.

당연히 박정하로서는 거절할 이유가 없었다.

"물론 좋소이다. 한데 4천만 달러면 스카이 포레스트

에게도 상당한 출혈 아니오?"

"국내에 대규모 비료 공장이 세워진다면 스카이 포레스트에게도 좋은 일입니다. 비료 사업은 저희 스카이 포레스트의 사업과 연계되는 측면이 있어, 장기적으로는 스카이 포레스트에도 이익이 될 수 있습니다."

비료를 만드는 데 사용되는 몇몇 가지는 화장품을 만드는 데도 사용된다.

그동안 스카이 포레스트는 그 재료들을 해외에서 수입해 왔는데, 대규모 비료 플랜트가 세워져 그곳에서 그것들을 생산할 수 있게 된다면 더 이상 수입할 필요가 없었다.

뿐만 아니라 합성 비료를 만들려면 천연가스가 필요했다. 천연가스를 저렴하게 조달하는 것이 비료 산업의 핵심이라고 볼 수 있을 정도였다.

그렇게 LNG 산업과도 긴밀하게 연결되어 있으니 장기적인 시각에서는 스카이 포레스트의 입장에서도 여러모로 이득인 제안이었다.

'현금으로 건넨다면 어떻게 쓰일지 믿을 수가 없으니.'

이것이 차준후가 기부채납으로 대신하고자 한 또 다른 이유였다.

현금으로 부정축재액을 낸다면 어디서 돈이 새어 나갈지 알 수 없는 노릇이었다.

그러나 비료 플랜트 시설을 만들어 기부채납을 한다면 온전히 국가와 국민들을 위해 쓰일 수 있을 것이었다.

"정말 사업 수완이 대단하시오. 평소 눈여겨보고 있었지만 차준후 대표가 이처럼 화끈한 사람이라는 걸 미처 몰랐소. 이런 성격인 줄 알았으면 일찌감치 만날 걸 그랬소이다."

박정하가 입가에 환한 웃음을 지으며 말했다.

"여보게, 박태주 중령. 잠시 들어와 보게."

"부르심 받고 왔습니다."

인터폰 연락을 받은 박태주가 곧바로 들어왔다.

"기쁜 소식이 있네. 여기 차준후 대표가 비료 공장을 크게 지어서 국가에 기부채납을 한다고 하는군. 덕분에 앓던 이가 쏙 빠지는 느낌이야."

"네?"

"차준후 대표의 기부채납을 적당하게 어루만져서 기사로 내보네. 무슨 말인지 알겠지?"

"이해했습니다."

엄청난 이야기를 들은 박태주가 힐끔 차준후를 바라보았다.

박정하의 최측근인 박태주는 그동안 민심을 수습하는 방안을 강구하고 있었다. 그러나 뾰족한 수단이 딱히 없었고, 무력과 힘으로 반대하는 세력과 사람들을 찍어 누르는 것들뿐이었다.

그런데 비료 공장은 평화적으로 민심을 추스를 수 있는 아주 좋은 방법이었다.

박태주가 이 기쁜 소식을 국민들에게 알리기 위해 밖으로 나갔다.

"지금 어디에 머무르고 계시오?"

"플라톤 호텔에 연금되어 있습니다."

"조치를 해 두겠소. 사업을 해야 하는 양반이 연금되어 있으면 안 되니까 말이오."

"배려 감사드립니다. 그러면 저도 이만 일어서 보겠습니다."

차준후는 부정축재에 대한 부분을 마무리했으니 박정하와 더 대화할 생각이 없었다. 사실 박정하와의 만남은 역사에 변화를 줄 수 있는 아주 큰 특이점이었다.

차준후는 그런 특이점을 자신의 손으로 만들었다는 생각 때문에 지금도 많이 혼란스러웠다.

박정하가 미소를 띠었다.

"차후에 다시 만날 기회가 있으면 좋겠소이다."

"제가 있어야 할 위치에서 최선을 다하겠습니다."

차준후가 다음 만남에 대해서 확답하지 않았다.

거리를 두려고 하는 태도를 분명하게 드러냈지만 박정하는 가만히 웃었다.

"다음에 봅시다."

박정하가 재차 만나려는 의지를 굽히지 않는 모습이었다.

"가 보겠습니다."

차준후가 고개를 숙인 뒤에 밖으로 나왔다.

짧다면 짧고 길다면 긴 만남이었지만 진이 쪽 빠지는 느낌이었다. 나름 직언을 하기는 했는데, 박정하의 행보가 어떻게 될지는 솔직히 차준후도 짐작이 가지 않았다.

"대표님, 괜찮으세요?"

안색이 살짝 상한 차준후를 본 실비아 디온이 서둘러 물었다. 안쪽에서 혹시라도 몹쓸 짓을 당한 것은 아닌지 걱정됐다.

"이야기는 잘됐습니다. 그냥 조금 힘이 빠졌을 뿐이에요."

차준후는 속내가 복잡했다.

"어서 나가죠."

실비아 디온이 한시라도 빨리 차준후를 이곳에서 데려 나가기 위해 발걸음을 떼려던 그때였다.

누군가 그들에게 다가왔다.

박태주였다.

"부의장님에게 이야기를 전해 들었습니다. 호텔로 돌아가시지 않고 자유롭게 돌아가셔도 됩니다."

그 말에 실비아 디온이 발끈했다. 듣다 보니 너무나도 재수 없는 표현이었다.

"자유롭게? 대표님은 원래부터 자유롭게 어디든 다니실 수 있는 분이에요. 이 나라를 생각하는 마음만 없으셨다면 애초에 귀국을 택하지 않고 미국에서 편하게 지내고 계셨을 거예요."

실비아 디온이 일침을 가했다.

그녀는 차준후가 협조적으로 나와 준 것에 이들이 감사하게 여겨야 한다고 생각했다.

만약 차준후가 미국 정부에 쿠데타에 대해 부정적인 의견을 적극적으로 피력했다면 상황은 지금과 달랐을지도 몰랐다.

"그런 뜻으로 한 말이 아닙니다."

박태주는 곤혹스러운 표정으로 진땀을 빼며 해명했다.

"그만하고 갑시다."

차준후가 실비아 디온을 만류했다. 지금은 그저 한시라도 빨리 이곳을 벗어나고 싶다는 생각뿐이었다.

"네."

차준후가 실비아 디온과 함께 건물 밖으로 나오니, 주한 미군의 차량이 대기를 하고 있었다. 주한 미군에서는 만약의 사태에 대비해서 차준후와 실비아 디온의 신변을 신경 쓰고 있었다.

"그간 잘 지내셨어요?"

군용 차량에 몸을 기대고 있던 나오미 캄벨이 차준후를 반겼다.

501정보여단 제524군사 정보대대 소속인 그녀는 쿠데타 때문에 요즘 들어 눈코 뜰 새 없이 바쁘게 돌아다녔다.

그녀는 차준후와의 일면식이 있다는 이유로 이번 차준후의 호위 및 경계 임무에 투입됐다.

"오랜만이네요."

"괜찮으신 거죠?"

"나쁘지는 않네요."

차준후는 좋다고 말하기에도 힘들지만 그렇다고 무작정 나쁘지도 않았다.

이리저리 차준후를 살피고 있는 나오미 캄벨이었다. 묘하게 힘 빠져 있는 모습은 항상 당당하던 차준후에게서 볼 수 없었던 것이었다.

쿠데타를 예상하고 있으면서도 여유롭던 차준후였다.

그런데 쿠데타의 주역인 박정하를 만나고 돌아오면서 왜 저리 침울해하는 것일까?

나오미 캄벨의 머릿속이 분주하게 돌아갔다.

그렇지만 그런 부분을 결코 내색하지 않았다.

"차에 타세요. 모셔다 드릴게요."

"용산 스카이 포레스트로 부탁합니다."

주한미군 군영 차량을 얻어 탄 차준후가 군인들이 경계하고 있는 건물을 물끄러미 바라보았다. 차량이 출발하면서 건물이 점점 작아지고 있었지만 차준후의 시선이 건물에서 떠나지 못했다.

'무슨 생각을 저렇게 하는 걸까?'

나오미 캄벨은 고심에 찬 차준후에게 섣불리 말을 걸지 못했다.

'내가 할 수 있는 건 무엇일까?'

차준후가 스스로에게 끊임없이 되물었다.

대한민국은 이제 격변 속으로 던졌다.

'미래를 안다는 게 축복만은 아니구나.'

알지 못하는 미래이기에 모든 걸 걸고서 달려갈 수 있는 것인지도 몰랐다.

그에 반해 미래를 알고 있는 차준후는 이것저것 따질 게 너무 많았다.

괜히 눈이 시큰해졌다. 앞으로 벌어질 안타까운 일들을 알고 있기 때문이었다.

머릿속이 복잡했고, 가슴이 답답해서 터질 것 같았다.

미래의 지식들이 묵직하게 차준후를 눌러 왔다.

씁쓸한 표정의 차준후로 인해 용산으로 달려가는 군용 차량 안이 무척이나 조용했다.

제10장.

울산공업단지

한국에는 거친 피바람이 불고 있었다.

집권한 군부는 부정부패와 혼란을 바로잡는다는 혁명 공약을 수행하면서 진보적 민주주의 인사들을 주로 희생양으로 삼았다. 미국이 박정하의 전력(前歷)을 의심하면서 나타난 현상이었다.

그 와중에 군사정부에서 부정축재들에게 내린 벌과금이 보도됐다.

28명의 기업인들에게 총 378억 환이 부과되었는데, 그중 성삼이 103억 환으로 전체의 상당 부분을 차지했다.

그리고 부정축재자 1호인 차준후는 벌과금을 기부채납으로 대신한다는 사실도 신문에 대서특필됐다.

놀라운 것은 기부채납을 하는 재산의 가치가 다른 모든 기업들에게 부과된 벌과금을 합친 것보다 많다는 사실이었다.

「부정축재 벌과금을 대신해서 차준후가 4,000만 달러라는 거액을 들여 최신식 대규모 비료 공장 건설한다.」

차준후가 대규모 비료 공장을 세워서 기부채납을 한다는 소식은 삽시간에 전국으로 퍼져 나갔다.

현재 대한민국에서 가장 주목을 받는 군사정부와 차준후가 함께 얽힌 사건이었기에, 전 국민이 그 소식을 알게

울산공업단지

되는 건 금방이었다.

"이야! 차준후는 배포가 남다르네. 바다처럼 커."

"비료 공장을 지어서 국가에 헌납하겠다고? 이야, 놀랄 수밖에 없다."

"차준후는 국가를 생각하는 대단한 사업가라고 내가 누누이 말했잖아."

"역시 국가와 국민을 위하는 사업가야."

부정축재자 1호로 지목되면서 평판이 나빠졌던 차준후였다.

그러나 4천만 달러나 되는 천문학적인 비용을 투자하여 비료 공장을 세우고, 그것을 기부채납을 하겠다고 나서자 한순간에 평판이 다시금 올라갔다.

본래 국민들에게 대단한 인기를 얻던 차준후였기에 여론은 순식간에 바뀌었다.

통 큰 기부채납으로 유일한 오점으로 남을 수 있었던 부정축재자라는 낙인을 단숨에 지워 버렸다.

"부모의 잘못까지 자식이 떠안은 것이 아닌가. 이것이 바로 효도이고, 국가에 대한 진정한 애국인 것이여."

"하기는 차준후의 잘못이 아니지. 부모의 허물을 어찌 자식이 탓할 수 있단 말인가."

"난놈은 난놈이야."

"놈이라고 하지 말고 분이라고 해. 귀하신 분에게 왜 막말을 하는가?"

"이제 가격 신경 쓰지 않고 비료를 뿌릴 수 있는 날이 오겠구나."

"하루라도 빨리 비료 공장이 완성됐으면 좋겠다."

대한민국 국민들의 절대다수가 농업에 종사하고 있었기에 더더욱 반응이 좋을 수밖에 없었다.

나라와 국민을 위한 차준후의 과감한 투자 덕분에 잠시나마 전 국민이 밝은 얼굴을 할 수 있었다.

그러나 박정하는 이것이 온전히 차준후의 공로로 끝나게 내버려두지 않았다.

「박정하의 투자 명령을 받은 차준후. 차준후는 부정축

재에 대한 잘못을 인정하고 크게 반성했다.」
「경제인들의 기간산업 투자를 적극 장려하는 박정하 부의장. 부정축재 벌과금 대신 공장을 건설케 하여 국가에 이바지하게 만들다.」
「한국 경제의 장래에 밝은 길을 제시하는 지도자, 박정하!」

"이제야 나라가 제대로 돌아가려고 하네."
"지도자가 누구냐에 따라 경제가 달리지는 거다."
"혁명공약 들어 봤어? 민생고를 시급히 해결한다고 하잖아. 비료가 부족한 농민들의 아픔을 어루만져 준 지도자가 누가 있었어? 박정하가 최고여."

차준후의 기부채납에 숟가락을 얹은 박정하에 대한 국민들의 지지가 이어졌다.

박정하 장군의 여론 조작이 제대로 먹혀들었다.

* * *

용산 스카이 포레스트 대표실 책상 위에는 천하일보 신문이 펼쳐져 있었다. 그리고 한쪽에 살아남은 신문사들의 신문들이 차곡차곡 포개어져 있었다.

모든 신문사에서 차준후의 기부채납을 일면에 싣고 있

었다. 그런데 기부채납은 차준후가 먼저 제안한 내용이었는데, 모든 기사에서 박정하가 투자 명령을 내린 것이라 다루고 있었다.

박정하의 지시에 따라 기사의 내용이 수정된 것이 분명했다. 발 빠르게 움직인 박정하는 비료 공장을 자신의 치적으로 만들어 버렸다.

기사를 읽은 이들은 박정하를 향해 찬사를 보냈다. 박정하에 대해 부정적으로 생각하던 이들 중 생각을 바꾸는 이들이 나왔다.

차준후는 이렇게 되리라 예상은 했지만, 막상 진짜 이런 상황이 닥치니 씁쓸한 건 어쩔 수 없었다.

"정치에 재능이 있다면 있는 걸지도 모르겠네."

어떻게든 자신의 치적으로 만들고, 부풀리는 게 21세기에서 흔히 봐 왔던 정치인들을 보는 듯했다.

"벌어진 일은 벌어진 거고, 이제 앞으로 어떻게 할지 고민하자."

마음 같아서는 당장 정정 보도를 하라며 각 언론사에 연락을 취하고 싶었지만, 그들도 강압에 의해 어쩔 수 없이 기사를 내보낸 것임을 알기에 참고 넘기기로 했다.

지금은 지나간 일은 잊고, 앞으로의 일을 걱정할 때였다.

역사로 남은 박정하의 평가는 극명하게 갈린다. 분명

잘한 일도 있을 테지만, 반대로 그만큼 잘못한 일도 많기에 나올 수 있는 평가였다.

급격한 발전과 더불어 성장통을 앓는 걸 피할 수 없겠지만, 차준후는 조금이나마 국민들이 덜 힘들게끔 만들고 싶었다.

또한 대한민국에서의 사업을 포기할 생각이 없는 이상, 보다 나은 사업 환경을 만들기 위해서라도 대한민국이 세계에 보다 탄탄하게 자리를 잡을 수 있도록 만들어야만 했다.

그렇게 차준후가 앞으로의 대한민국과 스카이 포레스트에 대해서 고심하고 싶을 때였다.

따르르릉! 따르르릉!

전화기가 요란하게 울렸다.

"전화 받았습니다. 차준후입니다."

-정영주일세. 욕봤다는 이야기는 들었소이다.

"제가 누린 혜택의 대가를 치렀을 뿐입니다."

- 다른 이들은 자신들이 고생해서 쌓은 재산을 빼앗겼다고 난리인데, 역시 차준후 대표는 마음가짐이 다르오.

"그 이야기를 하려고 전화하셨습니까?"

- 그건 아니고, 조선소를 거제도에 세우기로 했잖소?

"그렇지요."

- 정부에서 조선소를 거제도가 아닌 울산에 세우는 게

어떠냐고 하더이다. 울산에 대규모 공업단지를 조성할 계획이라며 한번 검토해 보라고 제안을 받았소. 차준후 대표 생각은 어떠시오?

"울산이요?"

- 대규모 공장이 들어서려면 여러 기반 시설이 필요하지 않겠소? 공장들을 한데 모으면 그러한 기반 시설들을 세우는 비용을 절감할 수 있으니 좋은 일 아니겠소.

틀린 말은 아니었다. 확실히 단지를 구성하여 공장을 한데 모아 세운다면 경제적으로 효율적인 건 사실이었다.

실제로 중공업 육성에 진심인 박정하는 울산공업단지를 시작으로 여러 도시에 공업단지를 세웠고, 이것이 대한민국의 산업화와 경제 발전을 앞당기는 데 주요한 역할을 했다는 평가도 많았다.

- 나는 괜찮은 제안이라고 생각하오. 정부에서 다양한 지원을 해 주기로 했을 뿐만 아니라, 전력과 용수, 물자 수송 등 다양한 측면에서 이점이 많으니 말이오.

정부의 제안을 받은 정영주는 곧장 직접 울산에 현지답사까지 다녀왔다. 정부의 말만 믿고 결정할 수 있는 일이 아니었다.

그리고 정부에서 이야기한 공업단지 부지를 살핀 정영주는 정부의 제안에 수긍할 수밖에 없었다.

정영주는 울산에 현지답사를 다녀왔다.

거대한 선박이 한꺼번에 입항할 수 있는 잔잔한 물결이 치는 항만과 태화강의 용수, 육로의 교통 등은 확실히 대형 조선소를 만들기에 적합했다.

그러나 오히려 정영주는 근심에 빠졌다.

조선소 설립에 대한 문제는 차준후와 상의 없이 결정할 수 있는 일이 아니었기 때문이다.

지금의 군사정부는 대화가 통하는 곳이 아니었고, 척을 지게 된다면 이후 사업에 큰 영향을 끼칠 수 있었다.

그런데 만약 차준후가 안 된다고 몽니를 부리면 대현그룹은 정부와 차준후 사이에서 무척이나 곤란한 상황에 빠질 수 있었다.

- 차준후 대표의 생각은 어떻소?

근심 어린 정영주의 물음에 차준후는 잠시 상념에 잠겼다.

'결국 대현조선소는 울산에 만들어지는구나.'

역사가 뒤바뀌었다고 생각했으나, 일정 부분은 마치 운명처럼 원 역사대로 흘러가려 하고 있었다.

역사의 원복하려는 힘인지, 아니면 톱니바퀴처럼 맞물려 흘러가는 시대적인 여러 흐름과 요인에 의한 변화 때문인지 알 수 없는 일이었지만, 차준후를 심란하게 만들기에는 충분했다.

뭔가 복잡한 기분이었다.

하지만 이것이 정말 운명이든 뭐든 간에 구태여 군사정부에 척을 지면서까지 반대할 이유는 없었다.

"정부의 제안대로 하시죠. 저도 괜찮은 제안이라고 생각합니다."

- 하하하! 이해해 줘서 고맙소이다.

정영주의 호탕한 웃음소리가 전화기를 타고 흘러나왔다.

"대현그룹의 조선소잖습니까. 제게 일일이 의견을 구하지 않으셔도 됩니다. 회장님께서 생각하시는 대로 진행하십시오."

차준후는 조선소에 대한 물꼬를 터 줬을 뿐이었다. 계속해서 대현그룹의 행보에 대해서 관여할 생각은 없었다.

- 그렇게 나오면 섭섭하지요. 함께 가는 길이잖소. 앞으로도 계속 의견을 듣고 싶소이다.

정영주가 차준후의 이탈을 극구 반대했다. 떨어진다고 해도 바짓가랑이를 붙잡고 늘어질 기세였다.

차준후와 함께할수록 대현그룹에 이득이었다.

그리고 이득을 떠나서 호탕한 차준후와 있으면 즐거운 정영주였다. 꼬장꼬장한 이철병과 달라서 오랜 시간 함께 차준후와 동업하고 싶었다.

- 차준후 대표가 짓겠다고 한 비료 공장도 울산에 부지를 마련하겠다고 들었소이다. 울산공업단지 제1호 공장인 것이지요.

"그렇군요."

울산공업단지에 대한 이야기를 들었을 때부터 이렇게 될 것이라 짐작했기에 차준후는 담담하게 고개를 주억였다.

울산공업단지, 훗날 울산미포국가산업단지로 이름을 바꾸는 그곳은 울산이 대한민국 중공업을 대표하는 공업 도시로 성장할 수 있게 만드는 원동력이 되어 준다.

그곳에 비료 공장을 설치한다면 예상했던 4천만 달러보다 훨씬 비용을 절감할 수도 있을 테니 차준후에게는 반가운 소식이라 할 수 있었다.

이번 기회에 화장품 원료 공장을 세울 부지까지 확보해 두는 것도 나쁘지 않을 터였다.

* * *

스카이 포레스트 대표실에서 차준후가 심각한 표정의 문상진과 대화를 나누고 있었다.

군사정변으로 변화한 정세에 맞춰 점검해야 할 현안들이 산적해 있었다.

"경제개발 5개년 계획을 추진하고 있는데, 투자하라는 연락이 오고 있다는 것이지요?"

1차부터 7차까지 수십 년에 걸쳐 이어지는 경제개발 5개년 계획은 급진적인 성장을 목표로 한 탓에 여러 부작용도 많았지만, 대한민국의 고도성장에 지대한 영향을 끼친 계획이라는 것은 부정하기 어려웠다.

유례를 찾아볼 수 없을 만큼 성공적인 성과를 내며, 대한민국이 선진국의 반열에 오를 수 있도록 해 준 계획임은 인정할 수밖에 없었다.

"예. 하루에 몇 번씩이나 대표님과 이야기를 나눌 수 없는지 연락이 오고 있습니다."

정부 관계자들로부터 빈번히 전화가 걸려 왔다.

계획은 원대했으나, 계획을 실행하기 위해 필요한 외화 보유액이 지나치게 부족한 탓이었다.

국내 자금으로 진행할 수 있는 사업들에는 문제가 없었지만, 제철소 같은 국내 자금만으로는 진행할 수 없는 규모의 사업들 같은 경우에는 시작도 전부터 벽에 부딪히는 상황에 이르렀다.

어떻게든 외국에서 돈을 빌려와야 했지만, 미국을 비롯한 어느 나라에서도 채산성이 맞지 않는 무리한 계획이라고 판단하여 돈을 빌려주지 않았다.

그에 정부에서는 미국에서 막대한 달러를 벌어들이고

있는 스카이 포레스트에 투자 요청을 하려는 것이었다.

"좋습니다. 경제개발 5개년 계획에 투자를 해 보죠."

차준후가 흔쾌히 동의했다.

차준후가 너무 쉽게 투자를 승낙하자 문상진은 깜짝 놀라 두 눈을 껌뻑였다.

"대표님께서는 정부의 계획이 성공하실 거라 판단하시는 겁니까?"

"정부의 계획이 성공할 거라고 믿는다기보다는 대한민국의 국민들을 믿는다고 말하는 편이 옳겠군요. 물론 과정이 순탄치는 않겠지만, 저는 이 대한민국이 선진국들과 어깨를 나란히 할 수 있을 만큼 성장할 거라 믿고 있습니다."

지금까지 스카이 포레스트는 정부 사업에 일절 참여하지 않았다. 오로지 차준후의 머릿속에서 나온 계획만을 바탕으로 사업을 진행했다.

다른 특별한 이유가 있던 것이 아니라, 단순히 차준후의 미래 지식을 활용한 사업들이 훨씬 가치가 높았기 때문이었다.

하지만 경제개발 5개년 계획만큼은 무시하고 넘길 수 없었다.

대한민국의 미래에 지대한 영향을 끼칠 뿐만 아니라, 이 계획으로 발생할 수많은 문제 또한 미리 알고 있는 차준후이기에 차마 무시하기 어려웠다.

"그리고 저희가 진행하는 사업들과도 밀접하게 연관되어 있으니, 이번 기회에 사업을 확장한다는 측면에서 투자를 진행해 보면 나쁘지 않다고 생각됩니다."

원 역사에서 1차 경제개발 5개년에서는 경공업 수출 증대를 목표로 하는데, 이는 큐빅 액세서리 사업을 시작한 스카이 포레스트에게 딱 들어맞는 계획이었다.

또한 이후 이어질 중화학공업 개발 계획은 특히나 더 스카이 포레스트 사업 전반과 밀접한 연관이 있었다.

어찌 보면 그동안 스카이 포레스트가 거둔 성과들이 경제개발 5개년 계획이 필요한 근거가 되어 준다고도 볼 수 있었다.

"알겠습니다. 그러면 정부와 관련해서 자세히 논의를 나눠 보겠습니다."

문상진은 개인적으로 정부가 주도하는 경제개발 계획에 투자를 하는 것이 회사에 이익이 되는 일인지 판단이 서질 않았지만, 차준후의 승낙이 떨어지자 더 이상 고민하지 않았다.

자신의 판단보다 차준후의 판단을 믿는 문상진이었다.

"정부의 눈치를 지나치게 살피지 마세요. 어디까지나 회사에 이익을 최우선으로 생각하셔야 합니다. 만약 정부가 터무니없는 제안을 한다면 당당하게 거절하세요."

차준후는 분명하게 자신의 기준을 밝혔다.

차준후가 선뜻 비료 공장을 세워 기부채납을 하겠다고 한 것도 장기적으로 봤을 때는 결국 스카이 포레스트의 이익이 될 수 있다는 계산이 섰기 때문이었다.

지금의 그는 수많은 임직원을 책임져야 하는 스카이 포레스트의 대표였다. 나라의 발전이라는 대의보다도 임직원들을 더 신경 써야 하는 것이 그가 앉아 있는 자리였다.

"그러면 앞으로 사업을 하는 데 지장이 있지 않겠습니까?"

문상진이 우려를 나타냈다.

군사정부에 밉보이면 스카이 포레스트의 사업을 사사건건 방해하려 들 수도 있었다. 아니, 그걸 넘어서 사업 자체를 막을지도 모르는 일이었다.

그는 군사정부의 날카로운 칼날이 스카이 포레스트와 차준후에게 떨어질 것을 걱정했다.

"걱정하지 마세요. 정부가 경제개발 5개년 계획을 추진하기 위해 해결해야 할 가장 시급한 문제가 바로 외화 수급입니다. 우리가 막대한 달러를 움켜쥐고 있는 이상, 우리를 쉽사리 내치진 못할 겁니다."

스카이 포레스트는 대한민국 경제계의 심장 역할을 하면서 국가 경제에 지대한 영향력을 끼치고 있었다.

스카이 포레스트가 대한민국에서 사업을 중단한다면, 그것은 대한민국 경제의 심장이 멈추는 것이나 다를 바 없었다.

또한 스카이 포레스트의 뒤에는 미국이 버티고 있었다.

미국의 눈치를 살펴야 하는 군사정부와 박정하는 스카이 포레스트를 절대 함부로 대할 수 없었다.

그럼에도 불구하고 군사정부에서 막무가내로 나온다면?

스카이 포레스트 미국 법인을 키우면 그만이었다.

차준후의 머릿속엔 아직도 수많은 사업 아이디어가 잠들어 있었고, 한국 직원들을 전부 미국으로 데려가 그 사업들을 진행하는 것도 가능했다.

"과연…… 알겠습니다. 말도 안 되는 과도한 요구를 해 온다면 칼같이 거절하도록 하겠습니다."

차준후의 설명에 납득한 문상진이 고개를 끄덕이며 수긍했다.

"아, 대표님. 혹시 경제재건축진회와 관련된 이야기는 전해 들으셨습니까? 정부에서 초대 회장 자리를 대표님에게 맡기려 한다고 들었습니다만."

"어떤 언질도 받지 못했습니다."

"위축된 경제를 살리고, 고물가와 실업 문제를 해결하

기 위한 단체라고 합니다. 정재계가 힘을 모아서 나라의 문제를 해결하자는 거죠."

국가의 경제가 발전하기 위해서는 기업인들의 역할이 중요하다고 판단한 정부는 경제단체 결성을 종용하고 있었다.

원 역사에서 그렇게 만들어진 단체가 바로 경제재건촉진회로, 훗날의 한국경제인협회였다.

문제는 이 경제재건촉진회의 인사들이 전부 부정축재자들로만 구성되어 있다는 점이었다.

한마디로 부정축재를 해 온 이들에게 나라의 경제를 맡기겠다는 의미였다.

차준후로서는 당연히 탐탁지 않을 수밖에 없었다.

"회장 자리는 물론이고, 경제재건촉진회에 가입할 생각도 없습니다. 회장 자리는 성삼의 이철병 회장에게 맡기라고 하세요."

차준후가 분명하게 뜻을 밝혔다.

차준후는 정부와 가깝지도, 그렇다고 멀지도 않은 적당한 거리를 유지할 생각이었다.

경제와 정치가 공통의 목표를 가지고 있는 이상 전혀 얽히지 않을 수는 없기에 피하지 않을 뿐이지, 구태여 다가서서 얽히고 싶은 생각은 추호도 없었다.

* * *

 반짝거리는 포드 검은색 차량들이 도로를 질주하고 있었다.
 차량에는 차준후와 실비아 디온, 경호원들이 타고 있었다.
 "라디오 소리를 좀 키워 주세요."
 차준후가 운전기사에게 이야기했다.
 "알겠습니다."
 라디오에서는 긴급 속보가 흘러나왔다.

 - 긴급 속보입니다. 국가재건최고회의는 의장인 장동영과 육사 5기 출신의 군인들을 반혁명 쿠데타를 기도한 혐의로 긴급 체포했다고 밝혔습니다. 이들은 민주 세력에 대한 폭압적인 탄압을 자행하면서…….

 쿠데타 세력들의 권력 쟁탈전에서 육사 8기들이 권력의 핵심을 장악하게 되었다. 치열한 권력 쟁탈에서 탈락한 군인들은 재판을 받아야 하는 처지로 전락하고 말았다.
 정세가 안정되지 않으니 사회적인 혼란이 지속되고 있었다.

'결국 이렇게 되는구나.'

차준후의 안색이 달라졌다.

역사를 알고 있었지만 그걸 직접 듣고 체험한다는 건 그 느낌이 달랐다.

"이제 박정하 부의장이 의장으로 올라서겠네요. 이제 국가재건최고회의에서 그와 견줄 수 있는 사람은 없을 것입니다."

실비아 디온이 이야기했다.

박정하에게 충성한 군인들은 살아남고, 장동영에게 줄을 선 군인들은 모조리 잘려 나갔다. 사석에서 박정하에 대해 함부로 떠들거나 비난하는 군인들이 잡혀 들어가기까지 했다.

"바야흐로 박정하의 시대가 펼쳐지는 것이죠."

차준후는 애써 담담하게 말했지만 어두워지는 안색은 감추지 못했다. 그의 머릿속에는 이제부터 펼쳐질 박정하의 독재가 떠올랐다.

"대표님, 주변에 꽃들이 많이 피었어요. 힘들게 씨를 뿌린 효과가 있네요."

실비아 디온이 창문 밖을 바라보며 이야기했다.

불편해하는 차준후의 모습에 대화를 돌리기 위함이기도 했지만 진짜로 주변 풍경이 아름다웠다.

차준후와 실비아 디온을 태운 차량들이 향하고 있는 곳

은 다름 아닌 영장산이었다. 유럽과 미국에 머무르는 동안 바뀌었을 영장산 일대의 화훼를 살펴보기 위함이었다.

그리고 동시에 스카이 포레스트에서 출시할 첫 향수를 드디어 완성했다는 빌바오 샤르트르의 전갈을 받았기 때문이기도 했다.

현재 빌바오 샤르트르는 영정산에 머무르며 향수를 연구하는 동시에, 화훼 단지 조성에 힘을 보태고 있었다. 원예에도 재능을 타고났던 그였기에 옆에서 조언을 해주는 것만으로도 큰 보탬이 되었다.

"정말 좋네요."

화창한 5월의 날씨가 이어지면서 영장산 일대에 화려한 꽃들의 향연이 펼쳐졌다. 곳곳이 헐벗어서 민둥산이었던 산이 형형색색으로 아름다운 모습을 뽐냈다.

창문을 내리자 꽃내음이 더욱 진하게 덮쳐 왔다.

5월의 영장산은 새롭게 단장되어 있었다. 그간 사람들이 얼마나 노력했는지 풍경만 봐도 알 수 있을 정도였다.

한국의 라벤더, 로즈마리, 민트들이 도로가에도 심어져서 화사한 꽃망울을 터트리고 있었다. 봄을 알리는 찔레꽃 향기도 무척이나 맑았다.

자연의 아름다운 풍경이 잠시나마 복잡한 이야기들을 잊게 만들어 줬다.

"영장산 전체가 하나의 정원처럼 보여요."

"영장산 일대가 향수를 만들 향기의 정원인 거죠."

영장산에 키우고 있는 원료들만 해도 라벤더, 옥잠화, 작약, 해당화, 찔레꽃, 박하 등 수십 가지였다. 그리고 이것으로 끝이 아니라 새롭게 해외에서 들여올 꽃과 나무들도 수백 가지가 넘었다.

직접 재배한 원료로 향수를 만든다!

원료 관리에 있어 철저하게 할 수 있는 동시에 대한민국만의 특별한 향수를 만들 수도 있는 길이었다.

"이번엔 어떤 향수를 만들었을지 기대되네요. 저번에 만들어 준 향수는 정말 잘 사용했거든요."

프랑스에서 빌바오 샤르트르를 처음 대면했을 때 그가 만들었던 향수는 이미 다 쓴 지 오래였다. 차준후에게 선물받은 향수였기에 매일같이 뿌리고 다닌 탓에 금방 다 쓴 것이었다.

실비아 디온은 혹시 이번에도 차준후에게 향수를 선물로 받을 수 있을지 은근히 기대하고 있었다.

"저도 기대가 많습니다. 한국의 꽃들을 주재료로 해서 만든 향수는 어떨지 궁금하네요."

이번에 빌바오 샤르트르가 만든 향수는 한국을 원산으로 하는 꽃들, 그중에서도 찔레꽃을 주재료로 만든 것이었다.

한국의 꽃을 주재료로 한 향수 중 유명한 것은 없었다.

그러나 차준후는 한국의 꽃이 세상에 널리 알려지지 않았기 때문일 뿐이지, 한국 꽃들은 아름다움은 물론이고 향 또한 세계 어느 꽃들과 비교해도 손색이 없다고 생각했다.

실제로 사계절이 뚜렷한 한국에는 아름답고 향기로운 꽃들이 많았다.

그에 차준후는 빌바오 샤르트르에게 한국에서 자생하는 꽃들을 주재료로 해서 향수를 만들어 달라고 주문했고, 그 결과물이 이번에 나온 것이었다.

찔레꽃 향수가 전 세계에 판매되기 시작하면, 자연스레 찔레꽃의 이름도 세계에 알려지게 될 것이었다.

그리고 그렇게 찔레꽃을 시작으로 여러 한국의 꽃들이 널리 알려진다면, 머지않은 미래에 영장산은 외국인 관광객들로 가득 메워질 터였다.

"찔레꽃이면…… 한국의 들장미죠?"

"예, 맞습니다. 5월쯤이면 하얗게 꽃을 피우죠. 향이 매우 은은하면서도 여운을 깊게 주는 매력이 있는 꽃입니다."

"사진으로 봤는데, 꽃이 작기는 해도 덤불에 모여 피어 있다 보니 무척 아름답더라고요."

"영장산의 화훼 단지에 찔레나무도 심었으니 꽃이 흐

드러지게 피면 함께 구경하러 가죠."

"좋아요. 빨리 꽃이 피면 좋겠네요."

차준후와 꽃구경 약속을 잡은 실비아 디온이 화사하게 웃었다. 그녀는 아름다운 꽃을 볼 수 있는 것보다는 차준후와 함께 꽃구경을 간다는 것이 더 기뻤다.

(내가 제일 잘나가는 재벌이다 14권에서 계속)